Walter Müller

Engel, Engel scharenweise

Walter Müller

Engel, Engel scharenweise

Geschichten und Gedichte zum Advent

ARGON

Einige Texte wurden erstmals im
»Rauriser Haus- und Lesebuch«
(Verlag Tauriska, Neukirchen am Großvenediger)
veröffentlicht.

3. Auflage

Gesetzt aus der Stempel Garamond
Layout & Satz: Leslie Driesener, Berlin
Druck und Bindung: Clausen & Bosse, Leck
Printed in Germany
ISBN 3-87024-579-4

*Gewidmet allen Engeln auf Erden,
besonders Christa, Liisa, Roswitha,
Trude, Christine J. und Dr. Peter R.*

Inhalt

Advent

ADVENT … das ist ein schöner Klang
ein Wort fast wie ein Gebet
so wie ein Engelchorgesang
den lang nach Sonnenuntergang
der Nachtwind herüberweht.

ADVENT … das ist ein zartes Licht
als ob eine Kerze brennt
ein Wort, das sich so leise spricht
fast wie ein Kindertraumgedicht
doch wie schreiben wir dieses … ADVENT?

A – wie abgekämpft … abgehetzt
Aktionsangebot und alles zuletzt
Anstrengung, Anspannung, Angst, allein
A … wie ganz außer Atem sein?!

D – wie Drängen … es drängt die Zeit
und Weihnachten, Himmel, ist nicht mehr weit
drunter und drüber und dies und das
Dauerstress ohne Unterlass!

V – wie Vortäuschen … und überhaupt
irgendwas vormachen, was man nicht glaubt
V … wie Verschwenden, Vergeuden, Vergessen
Völlegefühl vom Viel-zu-viel-Essen!

E – wie Eile … in Eile sein
erschöpft in das Einkaufscenter hinein
was Exklusives, was echt keiner hat
mit eigenem Echtheitszertifikat!

N – wie Nerven … die Nerven verlieren
dieser ADVENT geht mir voll an die Nieren
und noch und noch … und noch viel mehr
ach, wenn doch schon endlich Neujahr wär!

T – wie tausenderlei Termine
Torschlusspanik … ob ich so viel verdiene
wie viel ich für diesen Trubel brauch?
T … wie Trott … wie trostlos auch!

Das alles steckt in diesem Wörtchen ADVENT
und der Zeiger der Weihnachtsuhr rennt und rennt
und du musst nur ein bisschen stehen bleiben
dann kannst du das Wort auch ganz anders schreiben!

A – wie Andacht, Aufmerksamkeit
Achten auf andere, allezeit
auch wenn die anderen anders sind
anders war auch jenes göttliche Kind!

D – wie Demut ... Dankbarkeit
dankbar für Licht in der Dunkelheit
D wie Datteln, Duftkerzenduft
D wie ... Da-Sein, wenn DICH einer ruft!

V – wie Vergeben, Versöhnen, Versteh'n
ganz ohne Vorurteil durchs Leben geh'n
V wie ... ein Vogelhäuschen bau'n
so wie die Kinder völlig vertrau'n!

E – wie Erwartung, wie echtes Empfinden
E wie ... die Engherzigkeit überwinden
und wie ... Erbarmen ... und für jeden Gehör ...
E wie ... ein Fingerhut Eierlikör!

N – wie Nachbar ... den Nächsten lieben
Nüsse, im Ganzen – und Nüsse, gerieben
Nachsicht, Nachgeben und obendrein
nie wieder irgendwem nachtragend sein!

T – wie Tränen trocknen und trösten
tauet Himmel, den Erlösten
T wie Traum und wie ... Toleranz
und Tannenbäumchen-Lichterglanz!

ADVENT ... das ist ein schöner Klang
ein Wort fast wie ein Gebet
so wie ein Engelchorgesang
den lang nach Sonnenuntergang
der Nachtwind herüberweht.

ADVENT … und jetzt liegt es wohl an dir
der diesen Begriff buchstabiert –
ob aus dem ADVENT, diesem Wörtchen hier
auch wirklich WEIHNACHTEN wird.

Eine unheilige Geschichte

Im Fernsehen sah ich neulich eine hübsche, handgeschnitzte Krippe. Mit Josef, Maria und dem Jesuskind. Mit den Hirten. Mit Ochs und Esel – und einem Dinosaurier.

Ich dachte, ich träume. Und als ich – nach einer langen Schrecksekunde – meine ungläubigen Augen endlich auf dieses merkwürdige Getier in der handgeschnitzten Weihnachtskrippe einschärfen wollte, da hatte das Fernsehbild bereits gewechselt, und jetzt verlas eine Ansagerin die üblichen Meldungen von Brandbomben, Mordanschlägen und bevorstehenden Wetterverschlechterungen.

Ein Dinosaurier! In der Krippe!

Anfangs dachte ich an den Werbegag irgendeines Spielwarenherstellers. Denen ist ja nichts mehr heilig, und in der Weihnachtswerbung schon gar nicht. Die würden glatt den Heiland verkaufen für einen halbwegs brauchbaren Reklameeffekt.

Der Plastik-Dino in der Weihnachtskrippe schaute ein bisschen schüchtern drein, fast verlegen. Verloren irgendwie. Als wüsste er, wie fehl er hier am Platze sei. Josef und Maria ließen sich nichts anmerken, sie waren ganz die Alten. Abgeklärt und heilig. Das Jesuskind lächelte, wie es immer lächelt in den Weihnachtskrippen.

Man schien das so gänzlich unpassende fremde Wesen gar nicht wahrzunehmen.

Krippe mit Dinosaurier – so weit ist es also mit uns gekommen, dachte ich und schüttelte den Kopf.

Ich weiß schon: Vor dem Christkind im Stroh sind alle gleich. Und damals, im Stall zu Bethlehem, sollen ja auch Ameisen, Spinnen und Flöhe mit von der Partie gewesen sein. Das wusste schon Karl Heinrich Waggerl zu berichten. Die Könige aus dem Morgenland sind mit Dromedaren angereist. Auf dem Stalldach, so zwischen den Engeln, hat wohl auch der eine oder andere Vogel gehockt, damals in jener unglaublichen Nacht. Kolibri und Zaunkönig und Paradiesvogel.

Auch gibt es keinen Stall ohne Fliegen und Mücken und Pferdebremsen. Da wird die Heilige Stadt gewiss keine Ausnahme machen. Würmer, Fledermäuse, Nachteulen – eine Menge Tiere kann man sich vorstellen, als sinnvolle Dekoration einer Weihnachtskrippe. Aber ein Saurier?

Da fällt mir auf: Von den Dinosauriern ist ja eigentlich in der ganzen Bibel nie die Rede, weder im Alten noch im Neuen Testament.

Nie und nimmer kommen Dinos vor, nicht in den Texten und nicht in den prachtvollen Bildern der späteren Buchausgaben.

Der Löwe und das Lamm, der Adler und der Hirsch, der Albatros, der Widder, selbst das Einhorn und der Walfisch sind erwähnt. Der fromme Herr Noah hat Hunde und Rinder, Läuse und Nashörner, Affen und Schweine in seine Arche gebeten, bevor die große Flut einsetzte. In den Psalmen werden Frösche und Heuschrecken, Nattern und Skorpione besungen. Besungen – oder wenigstens verflucht.

Kein Wort vom Saurier. Irgendwie tut er mir fast ein bisschen Leid.

Ich meine: Wenn sich *doch* in diesen feierlichen Tagen das eine oder andere Exemplar gegen jede Tradition und gegen jeden guten Geschmack aus dem Kinderzimmer Richtung Hauskrippe verirren sollte, seid ihm nicht allzu böse. Lasst ihn ein bisschen schnuppern am Duft des Heiligen. Weihrauch und so. Er tut ja niemandem was zuleide. Und dem Christkind schon gar nicht.

Wahrscheinlich ist er einfach zu früh ausgestorben. Lichtjahre vor der gnadenbringenden Zeit. Ausgestorben, bevor dieses Kind zur Welt kam. Und die beiden sind einander nie begegnet.

Nehmt das als kleinen Fingerzeig, als Botschaft. Ausgestorben, bevor das Licht in die Welt kam. Als würde unsereins aussterben und nichts vom Himmel wissen. Oder wissen wollen.

Und die himmlischen Heerscharen, Cherubim und Seraphim in irgendeiner fernen Zukunft, würden kopfschüttelnd diesen Spielzeugmenschen betrachten, der sich da schüchtern und verlegen, verloren irgendwie, in die Weihnachtskrippe geschwindelt hat.

»Mensch?«, würden sie einander zuraunen, »Mensch? … ist das nicht der, der ausgestorben ist, damals, kurz bevor der Frieden und das Glück in die Welt kamen?«

Die Hirten damals

Die Hirten damals, die waren naiv
die machten sich gleich auf die Reise
als der Engel sie weckte – und keiner rief:
»He, Moment mal, zuerst die Beweise!«

Wir heute, wir würden so einfach nicht geh'n
wir müssten zuerst alles schriftlich seh'n
mit Stempel und Siegel, im amtlichen Brief …
Die Hirten damals, die waren naiv!

Die Hirten damals, die fragten nicht:
»Was macht diesen Himmel so weit?«
Die sahen hinauf, in das gleißende Licht
und wussten auch schon Bescheid.

Wir heute, wir sagten: »Am Himmel der Schein
das könnte ein UFO von irgendwo sein
eine Reflexion, Satellitenlicht …«
Die Hirten damals, die fragten nicht!

Die Hirten damals, die hatten es leicht
wie still es doch damals noch war
ein Flüstern aus Engelsmund hat schon gereicht
und allen war alles klar.

Wir heute, wie sollen wir Engel erkennen
wenn bei Tag und bei Nacht die Maschinen rennen?
Gegen alles, was leise ist, sind wir geeicht …
Die Hirten damals, die hatten es leicht!

Die Hirten damals, die wussten nicht viel
die kannten halt grad ihre Herde
keine Ahnung vom Kosmos, vom Kräftespiel
den komplexen Systemen der Erde!

Wenn *uns* eine glutwarme Winternacht weckt
dann tippen wir kühl auf den Treibhauseffekt!
Die dachten: »Das heilige Paar ist am Ziel …«
Die Hirten damals, die wussten nicht viel.

Einmal noch so wie die Hirten sein
einmal noch … nur eine Stunde
und Engel hören im Sternenschein
dieses Lied mit der göttlichen Kunde!

Wir heute sind tausendmal klüger als die
sind bewandert in jeglicher Welttheorie
und trotzdem lädt uns kein Engel ein …
Ach, einmal noch so wie die Hirten sein!

Die Weihnachtswunderengel

Das Sonderangebot war verlockend, weiß der Teufel. Singende Engel, lebensnahe, mit himmlischen Stimmen, süß und überirdisch, zu einem Spottpreis! »Greifen Sie zu, so lange der Vorrat reicht«, schrie eine schrille Menschenstimme aus allen Lautsprecherboxen des Supermarktes.

Und sie griffen zu. Die Eggers, die Mittermeiers, die Frau vom Hofrat Hödelmoser. Alle griffen sie zu. Alle kauften sich dieses Wunderwerk der Technik – singende Engel, mit Himmelsstimmen. Dem Weihnachtsfest, das ein bisschen schal und müde geworden war im Laufe der Jahre, sollte irgendwas vom alten Zauber zurückgeschenkt werden. Und sei es mit den Mitteln der modernsten Technologie.

Hofrat Erwin Hödelmoser hatte den Wunderengel höchstpersönlich an den Baum gehängt. Seine Gattin hatte die riesige Tanne geschmückt, einen halben Tag lang, mit Holzspielzeug und Glaskugeln, roten Äpfeln und Windbäckerei. Und kiloweise Lametta. Hofrat Hödelmoser liebte den Prunk an seinem Baum, wenn es ein ordentlicher Prunk war. Mit durchgekämmtem Engelshaar und Lamettafäden, die nicht zerzaust waren, mit kerzengeraden Kerzen in frisch polierten Kerzenhaltern. Den Wunderengel hatte er eigenhändig in den Wipfel gehängt.

Die Mittermeiers hatten die Pfeifenbergers zum Weihnachtsmahl geladen. Eine Pflichtübung. Letzten Heiligabend waren die Mittermeiers bei den Pfeifenbergers zu Gast gewesen. Jetzt hatte Frau Mittermeier mächtig aufgekocht, man wollte sich keine Blöße geben. Schon gar nicht vor den Pfeifenbergers.

Herr Egger hatte den Wunderengel mit der himmlischen Stimme seinem Chef geschickt, in einem Weihnachtspäckchen, die Luxusausgabe mit der Fernsteuerung. Da konnte man den Engel an jeder beliebigen Stelle, in jedem beliebigen Winkel der Wohnung oder des Gartens – denn auch im Freien funktionierte das Zauberwerk der Technik – aktivieren.

Der Chef würde also auf die Fernbedienungstaste drücken, und der Engel würde mit seiner überirdisch klaren Engelsstimme »Stille Nacht« singen.

Und der Chef würde in Dankbarkeit und Ergriffenheit an ihn, an diesen »jawohl, durch und durch tüchtigen Herrn Egger« denken und ihm beim nächsten Ansuchen um Gehaltserhöhung mit offenen Armen und einem offenen Herzen begegnen. Musik hat schon viele Herzen aufgetan. Engelsmusik erst recht.

»Schämen Sie sich!«, schrie er ins Telefon, der Chef von Herrn Egger.

»Von Ihnen hätte ich so etwas nicht erwartet!«

Herr Egger verstand die Welt nicht mehr. Was um Himmels willen sollte an einem glockenhell singenden Weihnachtsengel schämenswert sein?

Den Pfeifenbergers knurrte schon kräftig der Magen. Sie hatten sich durch ausgiebiges Fasten auf das Weihnachtsessen bei den Mittermeiers vorbereitet. Die Mittermeier-Tochter stellte die Suppenterrine auf den Tisch. Der Pfeifenberger-Sohn schnalzte hörbar mit der Zunge und wollte sich schon auf die Schöpfkelle stürzen. Da gebot Herr Mittermeier Einhalt und startete zur Feier des Tages den singenden Weihnachtsengel.

Andacht kehrte in die Mittermeier'sche Wohnküche ein. Oder hätte einkehren sollen. Aber der Engel, das Wunderwerk zum Spottpreis aus dem Supermarkt, sang mit keiner Engelsstimme. Und nicht von der stillen, heiligen Nacht. Aus dem Inneren seines zierlichen Porzellankörperchens dröhnte ein ordinärer Wirtshausbass los: »Jooo, mir san mi'm Raadl dooo«, grölte der Engel, und immer wieder diese Worte: »Jooo, mir san mi'm Raadl dooo!«

Hofrat Erwin Hödelmoser, der soeben an der Seidenschnur des Weihnachtswunderengels gezogen hatte, wechselte mehrmals und in kurzen Abständen die Gesichtsfarbe.

Dann schrie er »Sabotage!« und gab seinem Sohn Alex, dem schwarzen Schaf der Familie, eine Ohrfeige. Denn es konnte nur Alex gewesen sein. Es musste einfach Alex gewesen sein.

Obwohl es sich, wie sich am nächsten Tag herausstellte, um einen simplen Fabrikationsfehler gehandelt hatte. Irgendwie, auf unerklärlichen Wegen, war die Mikrochip-Tonzelle für das neue Fremdenverkehrs-Maskottchen, einen deftig drauflossingenden Radfahrer, in den Porzellankörper des Weihnachtsengels geraten.

Der Filialleiter des Supermarktes entschuldigte sich noch am Feiertag, völlig entnervt von den pausenlosen Beschwerdeanrufen, bei allen Engelkäufern. Die aufgebrachten Leute sollen sich, so sagt man, rasch beruhigt haben. Kein Einziger hat übrigens, wie man hört, seinen Wunderengel zurückgebracht und gegen einen richtigen, funktionierenden Engel eingetauscht.

Hofrat Hödelmoser hat sich bei seinem Sohn entschuldigt. Sie haben am zweiten Weihnachtsfeiertag eine Partie Schach miteinander gespielt, was auch schon seit Ewigkeiten nicht mehr vorgekommen ist.

Der Chef hat Herrn Egger und dessen Frau höchstpersönlich zu Kaffee und Kuchen eingeladen, als kleine Entschuldigung für den Wutausbruch am Telefon, »wegen nichts und wieder nichts«, wie er sagte. Die Pfeifenbergers und die Mittermeiers, allesamt eingefleischte Radfahrer, wie sich herausstellte, hatten viel Spaß in jener Heiligen Nacht. Im Sommer planen sie eine gemeinsame Radtour, ins Blaue oder so.

Der Verursacher dieser »Weihnachtsstörung«, die so viel Verwirrung und letztendlich so viel Versöhnlichkeit in die Menschheit gebracht hat, konnte rasch ausfindig gemacht werden. Es soll sich um einen Fabriksarbeiter namens Engel gehandelt haben, der noch in derselben Nacht spurlos verschwunden ist, als hätte er sich einfach in Luft aufgelöst …

Wenn nicht der Wirt geöffnet hätt'

Wenn nicht der Wirt geöffnet hätt'
damals, in jener Nacht ...
der Wirt, denk ich mir, war schon zu Bett
und sein Kind hat aufgemacht.

Hat einfach gesagt: »Kommt bitte herein
Vater schläft, ihr müsst leise sein!«
Und am Morgen war dann das Wunder vollbracht
das Wunder damals ... in jener Nacht.

Wenn's nicht der Wirt gewesen wär
sondern dem Wirt sein Kind
Männer tun sich manchmal schwer
weil sie halt Männer sind.

Hätt' einfach gesagt: »Kommt bitte herein
ich kann euch meine Kammer leih'n
ich schlaf im Stall, in dieser Nacht ...«
Und am Morgen war dann das Wunder vollbracht.

Hätt' nicht der Wirt das Pochen vernommen
damals, in jener Nacht
dann wär wohl sein Kind an die Tür gekommen
und hätte aufgemacht.

Kinder verstehen alle Sprachen
besonders versteh'n sie die Sprachen der Schwachen
und am Morgen war dann das Wunder vollbracht
das Wunder damals ... in jener Nacht.

Wäre das bloß nicht mir gescheh'n
gestern, in dieser Nacht!
Ich hab nur rasch durch das Guckloch geseh'n –
und hab nicht aufgemacht!

Wär ich jetzt bloß mein eigenes Kind
dann wüsst ich, wer die da draußen sind
und ich kann nicht mehr schlafen, die ganze Nacht
warum werden heut' so selten Wunder vollbracht?

Krippe, selbst gebastelt

Ich möchte euch von der prächtigen Krippe meiner Jugendzeit erzählen. Eigenhändig angefertigt selbstverständlich. Mit selbst gepflückten Moosziegeln ausgelegt, mit selbst gehobelten Schindeln auf dem selbst geformten Wurzeldach. Mit Figürchen bestückt, die ich in fernen Adventtagen mit geschickten Händen geschnitzt habe. Davon möchte ich erzählen. Kann ich aber nicht.

Ich habe, wenn man es genau betrachtet, keine einzige brauchbare Krippe zustande gebracht. Als Krippenbauer, ich gebe es zu, hab ich vollkommen versagt. Mega-Niete sozusagen. Wobei der Stall gar nicht das Problem gewesen wäre. Windschief und unvollkommen wird wohl auch jener von Bethlehem gewesen sein. Mein Problem war das Personal. Meine Krippenfigürchen, denn versucht habe ich es jede Adventzeit von neuem, haben niemandem ähnlich gesehen, schon gar keinen weihnachtlichen Gestalten. Keinem Josef und keiner Maria. Die Plastilin-Schafe schauten wie Ferkel aus, die Hirten wie Indianer.

Großmutter, in ihrer gütigen Art, sagte manchmal: »Der Wille gilt fürs Werk!« Heutzutage heißt das: Der Weg ist das Ziel! Egal, was am Ende herauskommt, Hauptsache, du bist mit dem Herzen dabei. Und ich war mit dem Herzen dabei. Auch noch in der Laubsägezeit, als ich für ein einziges Schaf, das dann doch wieder wie ein Ferkel ausschaute, ein halbes Dutzend Sägeblätter ruinierte. Dass Gott mir zwei linke Hände gegeben hat, sag ich mir heute, wird wohl einen tieferen Sinn haben. Fragt mich nicht, welchen.

Dann kam der Advent, in dem ich resignierte. Kein neuer Versuch, mit eigener, ungeschickter Hand hirtenähnliche Knaben zu formen, zu schneiden oder zu schnitzen. Ich stellte gleich meine echten Spielzeugindianer in den abbruchreifen Stall. Der Rest der Familie schüttelte den Kopf und betrachtete umso inbrünstiger die andere Krippe, denn wir hatten die Jahre hindurch immer auch eine andere, eine offizielle Krippe, mit Hirten und Schafen, Josef, Maria und so. Sehr hübsch, sehr heilig, sehr langweilig, für meinen Begriff. Meine Privatkrippe mit den Indianern blieb im Kinderzimmer, und die paar Besucher, denen ich sie zeigte, strichen mir jedes Mal über den Kopf und seufzten dabei leise.

Nach den Indianern kamen die Tipkick-Fußballer. Ihr kennt diese fingergroßen puppenartigen Figuren, die das Bein elegant nach vorne schnalzen, wenn man auf den Knopf auf ihrem Kopf drückt. Und der kleine Fußball fliegt dann jedes Mal ins Tor oder vom Tisch unter die Couch. Wenn man am Knopf am Kopf aber anzieht, dann klappt der Tipkicker das Schussbein ein, als möchte er das Knie beugen. Vor einem hohen Herrn oder einem göttlichen Kind beispielsweise. Wer, frage ich euch, würde besser in den heiligen Stall passen!?

Die Krippe, meine merkwürdige, ich gebe zu: wohl ein bisschen alberne Krippe, gibt es nicht mehr, und meine Indianer und Kicker habe ich längst hergeschenkt.

Aber ich schwöre euch: Jedes Mal, wenn ich im Stadion oder auf dem Fernsehschirm einen Fußballer zu Gesicht bekomme, steigen sogleich tausend fromme Adventgedanken in mir auf, wie sie in euch aufsteigen würden, wenn euch ein Hirte über den Weg läuft. Was ja hundertmal seltener der Fall ist.

Meine Krippenfiguren, könnte man sagen, werden nicht Rüapl und Xaver und Lippei gerufen – sondern Pfeifenberger, Feiersinger und Szewczyk. Seit jenen Tagen, da unser Fußballtrainer für allzu kurze Zeit Backe hieß, Hans Backe, hab ich sowieso nur mehr den Geruch von Vanillekipferl und Christstollen in meiner Nase, das ganze Jahr über.

Also, Freunde: Wenn im nächsten Frühling oder im Herbst Kitzbichler oder Laessig absichtlich oder unabsichtlich eine »Kerze« in den Himmel kickt und ihr nach oben in die Sterne der Flutlichtanlage schaut, denkt euch ruhig: Halleluja! Aber nur so für euch. Es muss ja nicht jeder hören, wie adventlich gestimmt ihr seid.

Er sagte nur: Geht ihr voran ...

Er sagte nur: Geht ihr voran
ich bin noch nicht so weit
ich komm euch nach, sobald ich kann
jetzt ... hab ich keine Zeit!

Er sagte: Ich bin mittendrin
Geschäfte gehen schwach
sobald ich aus dem Gröbsten bin
komme ich euch nach!

Dann war er aus dem Gröbsten raus
da dachte er: Okay
vielleicht probier ich das noch aus
bevor ich wirklich geh!

Am Anfang hat er oft gedacht:
Wo werden die jetzt sein ?
Ist manchmal traurig aufgewacht ...
ich hol sie schon noch ein!

Das mach ich noch – und dann ist Schluss
dann bin ich echt so weit
grad das noch, was ich tun muss –
dann hab ich endlich Zeit!

Er schlief jetzt schlecht, so manche Nacht
verfolgt von bösen Träumen
im Traum sprach irgendwer: Gib Acht
du könntest was versäumen!

Dann plagte er sich noch viel mehr –
es liefen die Geschäfte
auf einmal fühlte er sich leer
und ziemlich ohne Kräfte!

Er sprach: Jetzt wär's mir angenehm
jetzt geh ich, meinetwegen ...
da kamen ihm von Bethlehem
die anderen entgegen.

Und rundum heller Sternenschein
und Engel, heißt es, sangen
ich steh noch immer da, allein ...
wär ich nur mitgegangen!

Engel, Engel, scharenweise

Früher, wenn ich nicht schlafen konnte, lag ich oft stundenlang im Bett und zählte Schafe: ... ein Schaf, noch ein Schaf, noch ein Schaf. In den schlaflosen Nächten meines bisherigen Lebens habe ich wohl Tausende, Abertausende Schafe gezählt, den halben Schafbestand dieser Erde. Um einschlafen zu können, endlich einschlafen zu können nach einem stressreichen Tag.

Jetzt hab ich Internetanschluss und vertreibe mir die schlaflosen Nächte vor dem Computerbildschirm. Ich drücke ein paar Tasten, klicke ein paar Bildchen an und surfe durch die elektronischen Welten, von einer Web-Seite zur anderen, bis ich todmüde bin ... oder der Morgenwecker läutet.

Gestern habe ich, einfach so, weil mir irgendwie danach war, jetzt im Advent, das Wort »Engel« auf meiner Tastatur getippt. – Mein Computer meldete mir nach kurzem Knistern und Rattern: 87 143 Mal gefunden. 87 143 Informationen zum Thema »Engel«. Ich frohlockte, mitten in meiner schlaflosen Nacht, und machte mich sofort auf die Reise zu meinem ersten Engel ...

Mein erster Engel! – »Engel, Edwin«, las ich, als die entsprechende Info-Seite am Bildschirm aufleuchtete ... und dann folgte ein Stundenplan mit Vorlesungen zu den Themen »Eisenbahnwesen« und »Öffentlicher Personenverkehr«, die ein gewisser Professor Dipl.-Ing. Edwin Engel im Wintersemester an der Technischen Universität in Wien abhält. Der falsche Engel, für mich jedenfalls.

Ich klickte gelassen das nächste Stichwort »Engel« im Suchprogramm an und landete beim Automobil-Club: »Gelbe Engel geben Tipps zu altem Öl«, stand da zu lesen, ein paar Belehrungen für Autofahrer. Durchaus brauchbar, aber nicht in der Nacht, wenn man seinen Engel sucht.

Auf der Homepage des Gasthauses »Zum Engel« in Wiesbaden flatterten dickliche Engel wie Fledermäuse kreuz und quer über den Computerbildschirm, während der Bestand an freien Zimmern und die Speisekarte für die Weihnachtszeit aufgelistet wurden.

Eine »Engel-Apotheke« in St. Irgendwo pries die verlockendsten Glühweinmischungen für die Adventtage an ... ein Heimwerkerservice namens »Engel« warb für wasserlösliche Lacke.

Mit jedem Tastendruck, mit jedem Klick-Geräusch holte ich einen neuen »Engel« auf meinen Monitor.

Dann kam die Rubrik »Schlager und Volkstümliches«. Oh, Gott!

Da wimmelte es nur so von Engeln! Engel, Engel, scharenweise!

Der »Engel vom Marienhof«, der »Engel in Palermo«, der »Engel im Feuer«, der »Engel auf Erden«, Engel über Engel ... vom Lago Maggiore, von St. Kathrein und San Capitello, von Nicki, Costa Cordalis, den Paldauern und der Kelly Family. Engel der Sehnsucht, Engel der Einsamkeit, Engel in Blue Jeans. Engel – nehmt mir das Wort nicht übel – zum Saufüttern!

Ich schaute bei »Agentur Engel-Reisen« vorbei, auf meiner rastlosen Tour durch die Engel-Welt, kam zu Notaren, Bierbrauern, Fitnessclubbesitzern, die alle »Engel« hießen – oder sich zumindest so nannten, sich und ihren Betrieb ... (»Zum topfitten Engel«, Muskelaufbautraining zu himmlischen Preisen!)

Kurzum: Ich hab mich unter den 87 143 »Engeln«, die mir mein Internet-Suchprogramm anbot, heillos verirrt. Es wäre ja auch zu schön gewesen: Man klickt sich seinen Engel an, und der zeigt einem, wo es nach Bethlehem geht oder wenigstens zur Glückseligkeit. Der Knopfdruck-Engel, allzeit bereit, stets abrufbar, zu jeder Tages- und Nachtzeit, und im Advent zu besonders günstigen Tarifen. Nein – Engel sind anders. Leiser, leichter irgendwie.

»Engel können fliegen, weil sie sich so leicht nehmen«, habe ich grad noch gelesen, bevor ich mich aus dem Internet ausklinkte, völlig erschöpft und mit schmerzenden Augen.

Heute Nacht bleibt mein Bildschirm tot. Heute Nacht schalte ich keine Apparate an. Nur Stille, Leichtigkeit und Stille.

Vielleicht höre ich dann endlich meinen Engel, wenn er wieder Sturm läutet an der Türe zu meinem müden Herzen ...

Advent ist wieder angesagt

ADVENT ist wieder angesagt
Schnee in meinem Garten
Telefonbeantworter abgefragt –
nichts als: BITTE WARTEN!

ADVENT hat wieder seine Zeit
Schnee auf alten Gleisen
kauft euch die Glückseligkeit
zu Weihnachtswunderpreisen!

ADVENT, so sagt man, soll jetzt sein
Schnee auf meiner Wange
trinke rasch den nächsten Wein
wart jetzt schon so lange!

ADVENT steht wieder auf dem Plan
Schnee aus Schneemaschinen
jede Tür wird aufgetan
WARTEN AUFS VERDIENEN!

ADVENT … wie schnell die Zeit vergeht
Schnee auf meinen Schuh'n
bin schon wieder viel zu spät
gibt so viel zu tun!

ADVENT ist wieder angesagt
Schnee in meinem Garten
Telefonbeantworter abgefragt –
nichts als: BITTE WARTEN!

ADVENT, schon wieder mal ADVENT
Schnee in meinem Zimmer
wie die Zeit vorüberrennt
und ich wart noch immer …

Kerze, ganz aus Gold

»Untersteh dich!«, sagte die schlanke, goldene Kerze, als sich das Streichholz ihrem Docht näherte. »Lass das, hörst du?«

Aber das Streichholz hatte ohnehin nicht die Absicht gehabt. Gott behüte! Sein Feuer galt einer anderen Kerze – der ersten Kerze auf dem Adventkranz, klein, rot, ein bisschen pummelig.

Die Goldene, Schlanke, müsst ihr wissen, war in der Tat besonders hübsch geraten: von makellosem Wuchs, kerzengerade. Und dann das Gold! Als hätte eine Zauberfee höchstpersönlich den Goldstaub auf das Wachs gehaucht. Was für eine wunderschöne Kerze!

Das hatte sich auch jene Familie gedacht, die die goldene Kerze gemeinsam mit vier roten und drei Dutzend kleinen weißen einen Tag vor Beginn der Adventzeit in der Wachszieherei kaufte. Die vier roten Kerzen steckte man auf einen dichten Tannenkranz, die goldene kam auf einen edel verzierten Kerzenständer aus weißem Porzellan. Den Kerzenständer stellte man auf ein eigenes Tischchen, mit silbernem Tischtuch und Engeln aus Glitzerpapier.

»O Gott«, sagte die Schlanke, Goldene zu sich selber, »wie schnell diese lächerliche rote Kerze schrumpft! Und der Ruß und der Rauch! Direkt unappetitlich! Das wär kein Leben für mich. Nein, danke!«

Es kam ein zweiter Adventsonntag, ein dritter. Die roten Kerzen wurden kleiner und kleiner und sahen noch ein bisschen pummeliger aus als vorher.

»Direkt ekelig!«, sagte die Goldene, Schlanke.

Dann war die vierte Adventkerze an der Reihe, und schließlich wurden die drei Dutzend kleinen, weißen Kerzen auf dem Christbaum entzündet. Und allen schmolz allmählich das Wachs, bis man sie, nach dem Dreikönigsfest, vom Baum nahm und – so wie die vier roten vom Adventkranz – in die Mülltonne warf. Die schlanke, goldene Kerze freilich wurde, unversehrt wie sie war, in Seidenpapier gewickelt und gemeinsam mit gläsernen Kugeln und fein ziselierten Holzspangirlanden in einer alten Hutschachtel mit der Aufschrift »Advent und Weihnachten« verstaut.

Im nächsten Advent holte man die goldene Kerze wieder aus der Schachtel, sie war immer noch schön, der Goldstaub glitzerte wie eh und je. »Viel zu schade zum Anzünden«, sagte die Familie.

Ein neuer Tannenkranz kam ins Haus, mit vier nagelneuen, roten, ein bisschen pummeligen Kerzen. »In vier Wochen seid ihr nur mehr klein, verschrumpelt, verkohlt und verrußt!«, dachte die stolze, goldene Kerze.

»Die Menschen werden sich ganz schön ärgern!« Aber die Menschen ärgerten sich nicht, im Gegenteil. Sie blickten in das Kerzenlicht und lächelten. Und wenn Besuch kam und die Kerzen brannten, lächelten auch die Gäste. Über die Goldene, Schlanke sagten sie nur: »Schön! Viel zu schön zum Anzünden!«

Ein drittes, ein viertes, ein fünftes Jahr zog ins Land.

Die Goldkerze wurde jedes Mal aus dem Seidenpapier geholt, in den Kerzenständer aus weißem Porzellan gesteckt und nach Ablauf der Festzeit wieder eingewickelt und in der Hutschachtel verstaut. Dutzende rote und Hunderte weiße Kerzen sind in diesen Jahren angezündet worden, bis sie so klein und pummelig waren, dass man sie in die Mülltonne warf. Aber sie hatten wenigstens gebrannt. Und die Menschen hatten in ihre Lichter geblickt und dabei gelächelt.

»Bitte!«, dachte die Goldene, Schlanke, als ein Streichholz wieder einmal sein Schwefelköpfchen rieb. »Viel zu schade!«, sagte das Streichholz.

Es war wohl der gnädige Wind, der eines Adventabends durchs offene Fenster ins Haus strömte und unsere Kerze, die goldene, schlanke, samt dem Porzellanständer vom Tisch blies. Das Porzellan blieb ganz. Die Kerze aber, die prächtige, zerbrach in mehrere Stücke. Ein Großteil der Goldverzierung lag jetzt auf dem Fußboden. Das war's wohl, dachte die ehemals Goldene, Schlanke und seufzte.

Irgendwer hob einen brauchbaren Kerzenrest auf, entzündete den Docht, und siehe da: Er brannte. Zum allerersten Mal! Man führte die Flamme auf der armseligen, ehemals goldenen, sehr mitgenommenen Kerze an die Kerzen am Adventkranz heran; die Flamme brachte sie alle zum Leuchten. Und die Menschen schauten in die Lichter und lächelten. Am Heiligen Abend durfte das, was von der Goldenen, Schlanken noch übrig war, sogar die Kerzen auf dem Christbaum mit seiner Flamme entzünden.

»Tut mir Leid, echt«, sagte das Kind, das den abgebrannten, ehemals goldenen Kerzenstummel in den Mülleimer warf.

»Mir nicht!«, antwortete die Kerze und lächelte. »Mir nicht!«

Weihnachtslieder-Warteschleife

Wenn ich im Advent zum Hörer greife
so ist's alle Jahre wieder
land ich garantiert in der Warteschleife
da klingen dann Weihnachtslieder
»Im Augenblick ist keine Leitung frei …
Aber heidschi bumbeidschi, heidschi bumbei!«

Aus jeglichem amtlichen Telefon
sogar im Büro für Beschwerden
hör ich statt gebührender Information
»… und Friede den Menschen auf Erden!«

Ob Auskunft, Vermittlung, ob Gendarmerie –
es meldet sich sicher und prompt
anstatt eines Menschen eine Melodie
… dass morgen der Weihnachtsmann kommt!
»Im Augenblick ist keine Leitung frei …
Aber heidschi bumbeidschi, heidschi bumbei!«

Ich will mir beim Reisebüro was bestellen –
ein Ticket – das war stets mein Traum:
zwei Wochen mit Sonnenschein auf den Seychellen …
doch hör ich nur: »O Tannenbaum!«

Ich sag es sofort meinem Radio
die sollen darüber berichten
und hör nichts als: »In dulci jubilo«
gegeigt von den »Kirchberger Wichten«
»Im Augenblick ist keine Leitung frei …
Aber heidschi bumbeidschi, heidschi bumbei!«

Ich hab's bei der Taxizentrale probiert
da dudelte, zu meinem Schrecken
das Lied »Immer wenn es Weihnacht' wird …«
auf Maultrommeln und Dudelsäcken!

Ich wähle die Kummernummer und hör
bloß: »Es ist ein Ros' entsprungen«
so sehr ich auch zürne und mich empör …
(von Vicky Leandros gesungen)
Ob Feuerwehr, Zugauskunft und Polizei:
aber heidschi bumbeidschi, heidschi bumbei!

Im Bürgerbüro … meinem Stammcafé
und der Kirchengebührenstelle
hört man nichts als »Leise rieselt der Schnee«
(James Last und die Christmas-Kapelle)

Es wird mir zu bunt und ich wähl auf der Stell'
die Nummer vom Herrn Bundeskanzler
und hör zehn Minuten lang »Jingle Bell«
(… es spielen die »Almtaler Tanzler«)
»Im Augenblick ist keine Leitung frei …
Aber heidschi bumbeidschi, heidschi bumbei!«

Irgendwer hat vorhin meine Nummer gewählt
»Ich weiß schon«, hab ich mir gedacht,
»statt dass sich wer meldet und mir was erzählt
tönt *es* nur vom Band ›Stille Nacht‹!«

War keine Musik, kein Gesang oder so
gefiedelt, gegeigt und gepfiffen …
war nur eine Stimme, die sagte »Hallo!«
ich hab das zu spät erst begriffen!
    Das ist der Advent, du, der macht mich ganz dumm –
    Aber heidschi bumbeidschi, heidschi bumbumm!

    Ruf noch einmal an, meine Leitung ist frei …
    Aber heidschi bumbeidschi, heidschi bumbei!

Weihnachtspost

Kann ein Engel Trude heißen? Seraph und Cherub. Uriel und Rafael. Michael und Gabriel. Aber Trude? Trude ist ja so überhaupt kein Engelsname. »Tante Trude aus Buxtehude.« Da kommen doch keine vorweihnachtlichen Gedanken auf!

Ein paar Tage vor dem Adventbeginn habe ich heuer meine erste Weihnachtspost bekommen. Eine Karte. Aus Venedig. Von einem Bekannten namens Werner. Flüchtiger Bekannter, könnte man sagen. Werner mit den strahlend blauen Augen und dem herrlichen Lächeln. Wir haben vor Jahren zusammengearbeitet, am Theater, kurze Zeit nur, aber jedes Mal, wenn wir uns später zufällig trafen, haben wir uns gefreut. Karten haben wir nie geschrieben. Nicht einmal Weihnachtsgrüße.

Eigentlich war das ja auch gar kein Weihnachtsgruß. Es war eine ganz gewöhnliche Ansichtskarte von Venedig, mit der Rialtobrücke vorne drauf, dem Campanile und der Kirche Santa Maria della Salute. Statt Schnee und Hirten: das Meer und die Gondeln.

»Haben eine schöne Herberge gefunden«, stand auf der Karte. Und neben Werner hatte auch Trude unterschrieben. Und Heike und Carmen und Mirko. Wenn ich nur wüsste, wer die sind, habe ich mir gedacht. Werner hat an unserem Theater die Schauspieler geschminkt, ein begnadeter Maskenbildner. In früheren Zeiten war er der Leibvisagist von Zarah Leander. Und das war eine der berühmtesten Schauspielerinnen überhaupt.

Irgendwie hat mich diese Karte inspiriert. Jedenfalls habe ich sofort mit dem Schreiben meiner Weihnachtspost begonnen. Keine Faxe in letzter Sekunde, wie voriges Jahr. Keine E-Mails, keine SMS, kurz vor der Bescherung. Richtige Karten, mit der Hand geschrieben. – Einem Freund, den ich ziemlich vernachlässigt habe in letzter Zeit. Einer alten Tante, um die ich mich zu wenig kümmere. Sogar meiner Steuerberaterin, mit der Bitte, sie möge doch wenigstens nächstes Jahr dieses verflixte Finanzamt ein klein wenig austricksen, zu meinen Gunsten.

Komisch, dachte ich: Nach Venedig fährt man doch eher im Sommer, wenn es schön warm ist. Oder im Karneval, wenn überall die Masken tanzen. Oder meinetwegen zu Weihnachten. Oder im Advent. Aber vor dem Advent, im grauen, tristen November?

Ich hab das erst später erfahren: Der Sommer würde sich nicht mehr ausgehen. Nicht einmal der Karneval. Werner hat nur mehr wenig Zeit. Und er wollte unbedingt einmal noch nach Venedig. Werner ist krank, ... so krank, dass das wohl seine letzten Weihnachten sein werden. Er hat sich damit abgefunden. Er lächelt sogar noch, wenn er dir davon erzählt.

Trude, die von der Postkarte, leitet in meiner Stadt die Hospizbewegung. Hospiz heißt »Herberge«. Man öffnet ein Haus denen, die einen letzten, ruhigen Platz unter Menschen suchen. Man begleitet sie ... nicht nach Bethlehem, an die Geburtsstätte, sondern nach

Jerusalem, an den Endpunkt, ins Paradies, könnte man sagen.

Einmal noch nach Venedig. Der größte aller Weihnachtswünsche. Und Trude hat Werner mitgenommen, samt seinem Rollstuhl. Und Heike, Carmen und Mirko sind mitgefahren. Haben den schmal und leicht gewordenen Freund über alle Brücken und Brückchen Venedigs, und das sind viele, getragen. Dann haben sie gemeinsam Karten geschrieben, aus ihrer gemütlichen Herberge am Canal Grande. Weihnachtspost, ohne Stern und Glitzer und Tannenzweig. Nur mit Liebe und diesem Lächeln und ein bisschen Wehmut verfasst.

»Kommt gut durch den Advent«, schreibe ich diesmal auf alle Karten. Und es sind ziemlich viele geworden. »Kommt gut durch den Advent. Und schön, dass es euch gibt!« Meiner Steuerberaterin habe ich geschrieben: »Kommen Sie gut« ... und: »... schön, dass es Sie gibt ...« Und den Satz mit dem Finanzamt und dem Austricksen habe ich dann doch noch gestrichen.

Kann ein Engel Trude heißen, frag ich euch. Oder Carmen, Heike, Mirko? – Nur so, und nicht anders. Kommt gut durch den Advent, Freunde. Und: Schön, dass es euch gibt!

Sondereinsatz »Heilige Nacht«

In der Heiligen Nacht reden die Tiere in der Menschensprache. So lautet ein hartnäckiges, von frommen Geschichtenerzählern in die Welt gesetztes Gerücht. Aus Dankbarkeit für ihre treuen Dienste im Stall zu Bethlehem habe der Heiland zunächst dem Ochs und dem Esel dieses Privileg eingeräumt, später dann den Lämmern und den Böcken. Schlussendlich der gesamten Tierwelt. Den Tieren in den Ställen, den Tieren in den Tiergärten, den Fischen im Wasser und den Vögeln in den Lüften.

»Wer's glaubt, wird selig«, sagen die aufgeklärten Erdenbürger von heute und haben für diese Weihnachtslegende nur ein müdes Lächeln übrig. Denn noch keiner hat in Wahrheit dieses so genannte Wunder mit eigenen Ohren mitverfolgen können. Noch keinem hat sich in der Heiligen Nacht irgendein Tier mit irgendeiner Botschaft mitgeteilt.

Weil sich das Gerücht von den sprechenden Tieren in der Heiligen Nacht aber nicht und nicht aus den Erzählungen der Großmütter und Advent-Schriftsteller und aus den Köpfen der Leichtgläubigen vertreiben ließ, beschloss man eines Tages, der Sache ein für alle Mal auf den Grund zu gehen. Die berühmtesten Kommissare wurden beauftragt, endgültige Klarheit in diesen, pardon, lächerlichen Fall zu bringen.

Schimanski übernahm die wilden Tiere im städtischen Zoo – den Leoparden, den Löwen, den Schwarzen Panther. Mit hochsensiblen Abhörmikrophonen ausgestattet, schlich er sich am Heiligen Abend, nach Einbruch der Dunkelheit, in deren Gehege.

Der Alte legte sich bei den Zuchthühnern auf einem aus Datenschutzgründen nicht näher bezeichneten Bauernhof auf die Lauer. Inspektor Fichtl belauschte den Hirsch und das sonstige Damwild an den Futterkrippen in der Bergwelt des Salzkammergutes. Und Benno, der Bulle, wachte die Nacht über ganz alleine an einem Karpfenteich.

Selbst Derrick, den man längst im Ruhestand glaubte, ließ Harry den Wagen holen und fuhr mit ihm in das öffentliche Palmenhaus, um dort die Feuersalamander und die prachtvollen exotischen Nachtfalter aus Tahiti gründlich zu observieren.

Inspektor Stockinger hatte sein Abhörmikrophon in der Werkstatt eines Tierpräparators installiert. Weiß der Teufel, warum.

Die Nacht war nass und kalt und dauerte lange.

Die Löwen schwiegen, die Karpfen sagten kein Wort, das Damwild fraß kommentarlos. Das präparierte Murmeltier schien gar zu grinsen.

»Na bitte«, dachte Schimanski. Und die anderen dachten dasselbe.

»Tiere reden nicht in der Menschensprache. Auch nicht in der Heiligen Nacht. Das sind Ammenmärchen. Aus, basta!«

»Liebe Kollegen, ich sag es, wie es ist – ich hasse Wurstsemmeln!«, sagte Kommissar Rex. Und die Kollegen von den Diensthundestaffeln begannen zu knurren. »Ich weiß schon«, rief Rex in den allgemeinen Tumult hinein, »in gewisser Weise bin ja ich daran schuld, dass sich diese unsägliche Mode in unseren Kommissariaten durchgesetzt hat. Aber ich schwöre, liebe Freunde, ich kann nichts dafür!«

Jetzt bestätigten auch die anderen Diensthunde wortreich und engagiert ihre Abneigung gegen diese Art von Mahlzeit, die ihnen dreimal täglich vorgesetzt werde.

»Ich rufe hiermit zum sofortigen und immer währenden Wurstsemmel-Boykott auf!«, bellte Kommissar Rex. Und alle waren auf seiner Seite.

Als die Menschen-Kommissare nach erfolgloser Mission in ihre Dienststellen zurückkamen und endlich in Frieden Weihnachten feiern wollten, lagen ihre Hunde in den Kojen. Ruhig und zufrieden sahen sie aus. Unschuldig wie die Engel. Und manch einer leckte sich im Schlaf genüsslich die letzten Krümel vom Christstollen, vom Kletzenbrot und den Weihnachtskeksen aus dem Bart.

Bei den Kommissaren freilich, von Schimanski bis Derrick, wollte in dieser Heiligen Nacht keine rechte Stimmung aufkommen. Knirschend und nachdenklich verdrückten sie Berge von Wurstsemmeln und sangen, als hätte es ihnen die Sprache verschlagen, bis zum Morgengrauen kein einziges Lied.

Die Hirten von heute

Die Hirten von heute, die jungen, die kleinen
die spielen in Tennis- und Fußballvereinen
genau wie die anderen Kinder!
Sie sind auch zu Hause mal braver, mal schlimmer
und räumen nicht gerne auf in ihrem Zimmer
genau wie die anderen Kinder!

Den Hirten von heute, den kleinen, den jungen
ist wohl auch schon manchmal ein Schimpfwort
entsprungen
genau wie den anderen Kindern!
Sie sind in der Schule mal schlechter, mal besser
und fast jeden Tag »Auf-das-Heimgeh'n-Vergesser«
genau wie die anderen Kinder!

Doch wenn sie dann scheu auf der Bühne steh'n
gebannt in die Scheinwerfersterne seh'n
dann schau'n sie so fromm wie die Engel drein
und, was gut dazu passt: Es wächst ihnen fast
ein richtiger, glänzender Heiligenschein!

Die Hirten von heute, die Mädchen und Buben
die spielen mit Lego und mit Puppenstuben
genau wie die anderen Kinder!

Sie schwimmen im Sommer im Swimmingpool
und finden die Songs von »No Angels« cool
genau wie die anderen Kinder!

Die Hirten von heute, ihr wisst das genau
die spielen Computer und schauen Te-Vau
genau wie die anderen Kinder!
Die denken nicht immer nur Kluges und Frommes
und essen gern Pizza und Ketchup mit Pommes
genau wie die anderen Kinder!

Doch wenn sie dann scheu auf der Bühne steh'n
gebannt in die Scheinwerfersterne seh'n
dann schau'n sie so fromm wie die Engel drein
und, was gut dazu passt: Es wächst ihnen fast
ein richtiger, glänzender Heiligenschein!

Die Hirten von heute, die jungen, die kleinen
die manches Mal lachen und manches Mal weinen
genau wie die anderen Kinder!
Die knurren und murren beim Auswendiglernen
der Texte von Schafen und Engeln und Sternen
genau wie die anderen Kinder!

Den Hirten von heute, den kleinen, den jungen
ist manches geglückt und schon manches misslungen
genau wie den anderen Kindern!
Sie werden auch später, in kommenden Tagen
mitunter frohlocken, mitunter verzagen
genau wie die anderen Kinder!

Doch wenn sie dann mitten im Leben steh'n
gebannt in das Licht und die Dunkelheit seh'n
fällt ihnen vielleicht ihre Hirtenzeit ein ...
und, was gut dazu passt: Sie haben ja fast
einen richtigen, glänzenden Heiligenschein!

Die anderen Monate

Irgendwann, nachdem sie jahre-, ach: jahrhundertelang geschwiegen hatten, meldeten sich die anderen Monate zu Wort. Denn mit dem Dezember war es unerträglich geworden.

»Ich kann tun, was ich will«, sagte der Januar, »ich lasse es schneien, ich lasse Eiszapfen wachsen, ich zaubere den Menschen die herrlichsten, weißesten Winterlandschaften herbei! Sie aber seufzen nur und sagen: Wie schön war's doch im Dezember! Wie schön war's doch im Advent! Jetzt frag ich mich, ganz im Ernst: Was hat der Advent, was ich nicht habe!« Und dann schüttelte sich der Januar, ziemlich verärgert, dass nur so die Schneeflocken auf die anderen Monate staubten.

»Ich mach doch wirklich alles«, meldete sich der Februar zu Wort, »ich hänge mir eine Faschingsnase um, streue Konfetti aus und bringe die Menschen zum Tanzen; zum Tanzen und zum Lachen. Und trotzdem: Immer seufzen sie und schwärmen vom Dezember, vom Advent! Was hat dieser Advent, was ich nicht habe?« Und dann schüttelte er sich, dass nur so die Konfettiplättchen auf die anderen Monate fielen.

Der März schien auch äußerst unzufrieden. »Ich lasse die ersten Frühlingsblumen wachsen«, sagte er, »und sorge dafür, dass das kalte Eis endlich schmilzt! Das ist doch eine ganze Menge, oder?«

»Ich bringe die ersten warmen Nachmittage!«, rief der April. »Und manches Jahr jede Menge bunter Ostereier! Ist das nichts?«

»Ich bringe den Menschen Maiglöckchen ...«, das war natürlich der Mai, »... Maibäume, Maikäfer, Maibowle! Und – Muttertagsgedichte! Und trotzdem seufzen die Menschen und freuen sich insgeheim auf den Advent! Was hat dieser verflixte Advent, was ich nicht habe?«

Der Juni, der Juli und der August erzählten von Sommertagen, Grillpartys, Ferien und Badevergnügen.

»Aber sogar im Swimmingpool, sogar in der Hängematte träumen die Menschen vom Advent!«, brummte der August. »Das ist doch nicht normal! Was hat dieser verflixte, lächerliche Advent, was wir herrlichen Sommermonate nicht haben!« Und dann klatschte der August mit der flachen Hand ins Planschbecken des öffentlichen Freibades, dass Tausende Wassertropfen auf all die anderen Monate spritzten.

September und Oktober erzählten von ihrer Farbenpracht, von verzauberten Wäldern, fliegenden Papierdrachen und von Kastanien, die von Bäumen purzelten. »Das hat der Advent nicht«, sagten sie, »und trotzdem reden alle nur von ihm!«

Der November sagte nicht viel. Er ist ja – ich denke, ihr wisst das – ein bisschen der Außenseiter, der am wenigsten geliebte von allen Monaten. »Was soll ich sagen«, meinte der November, »ich bin grau, nass, nebelig. Wer soll mich schon mögen. Außer ... außer mein letztes

Wochenende fällt in den Advent. Das kommt Gott sei Dank manchmal vor. Dann freuen sich die Menschen zwei, drei Tage lang sogar über mich …«

Die elf Monate hatten sich ziemlich ereifert; sie hatten geredet und geredet und völlig die Zeit vergessen. Auf einmal war es Advent geworden. Irgendwer hatte eine Kerze angezündet. Es roch nach Tannenreisig, Bratäpfeln und Weihrauch. Alle Menschen, vor allem die Kinder, hatten einen unbeschreiblichen Glanz in den Augen, sangen beschauliche Lieder, spielten auf Geigen und Keyboards leise Hirtenmelodien oder sagten fromme Gedichte auf.

»Das machen sie alles deinetwegen?« flüsterte der Januar, stellvertretend für die anderen Monate, ein bisschen neidvoll, aber tief beeindruckt.

Der Advent lächelte nur, doch als das heilige Paar, von Hirten begleitet, von Engeln beschützt, durch den Schnee stapfte, kniete er sich hin.

Da fielen auch die anderen Monate auf die Knie.

»Ich verstehe«, sagte der August, und er hatte – wie die anderen auch – diesen unbeschreiblichen Glanz in den Augen.

Kommt es euch nicht auch so vor? – Seit jener Stunde, da die anderen Monate, vom Januar bis zum November, dieses Geheimnis mit eigenen Augen und eigenen Ohren erleben durften, riecht es das ganze Jahr über, ein bisschen wenigstens, nach Advent.

Als am Heiligen Abend der Strom ausfiel

Im Radio hatten sie gesagt: »In fünf Sekunden ...« Aber dann war die Stimme abgebrochen, und es war totenstill im Zimmer.

Sie standen um den Christbaum – eine Familie wie jede andere, aber die elektrischen Kerzen leuchteten nicht mehr.

Eigentlich hätten jetzt die Kirchenglocken läuten sollen, aber es war nichts zu hören. Das vollautomatische Geläute war ausgefallen, just in derselben Sekunde, in der die Radiostimme verstummte und die elektrischen Kerzen verloschen.

Stromausfall.

Der Vater sagte: »Ist sicher gleich vorbei.« Die anderen schwiegen.

Auch im Haus gegenüber war es stockfinster, wie es in allen Häusern, wie es in der ganzen Stadt stockfinster war in diesem Augenblick.

Stockfinster und totenstill.

»In fünf Sekunden ...«, hatte die Stimme im Radio gesagt. In fünf Sekunden hätten die Sängerknaben das berühmte Lied gesungen. Die ganze Familie hätte schweigend um den hell erleuchteten Baum gestanden – und wenn das Lied zu Ende gewesen wäre, hätten sie schweigend die Geschenke ausgepackt.

Aber es kam kein Lied aus dem Radio.

Und es leuchteten keine elektrischen Kerzen.

Keine Kirchenglocken.

Stromausfall!

Ausgerechnet am Heiligen Abend!

Im Dunkeln packten sie die Geschenke aus: die Videokassetten und die Programme für den Heimcomputer, den neuen Mikrowellenherd, die Musikanlage mit allen Raffinessen.

Ausgerechnet heute!

Im Fernsehen hätte jetzt ein Schauspieler die Weihnachtsgeschichte vorgelesen, wie jedes Jahr am Heiligen Abend. Dann hätten sie über das Teletext-System ihre Spende für die große Spendensammlung zugunsten der behinderten Menschen eingespeichert.

Aber das ging jetzt alles nicht.

STROMAUSFALL!

Sie hätten bei der Großmutter angerufen, wie immer am Heiligen Abend. Aber auch das Telefon, weiß der Himmel, warum, war tot!

Früher hatten sie noch Kerzen gehabt.

Kerzen, die brannten und wärmten.

Früher hatten sie noch Lieder gesungen, Lieder, die klangen und wärmten.

Früher waren sie noch aus dem Haus gegangen, mitten in der Nacht, die Großmutter zu besuchen …

Als am Heiligen Abend der Strom ausfiel, erinnerten sich manche der älteren Leute mit einem traurigen Lächeln an jene Tage zurück, Tage im Advent, als man noch beisammensaß, in Kirchen und Stuben, bei Kerzen, die brannten und leuchteten, bei Liedern, die klangen und wärmten.

Da kam – wie ein Blitz in schwarzer Nacht – der Strom zurück, das elektrische Licht, die elektrische Glocke, das elektrische Lied. Und die Menschen seufzten erleichtert: »Gott sei Dank!«

Die Stimme im Radio sagte: »Vor fünf Sekunden wäre es Weihnachten gewesen ...«

Was man sich Weihnachten so wünscht

Meine Großmutter war eine bescheidene Frau. Wenn man sie fragte, was sie sich wünsche, sagte sie immer nur: »Meine Ruhe!« Zum Geburtstag, zum Muttertag, zu Weihnachten: »Meine Ruhe!«

Großmutter hatte viel mitgemacht in ihrem Leben. Beide Söhne waren im Krieg gestorben, der eine mit nicht einmal achtzehn Jahren, der andere mit nicht einmal vierzehn Monaten. Den Mann hatte ihr ebenfalls der Krieg weggestohlen.

Auch jetzt, in den fünfziger Jahren, gab es keinen Mann in unserer Familie, ich war ja noch ein Kind, also hatte Großmutter das Kommando übernommen. Sie führte bei uns daheim den Haushalt, passte auf mich und meine Schwester auf und nähte oft bis tief in die Nacht hinein für fremde Menschen Kleider, um das Geld, das Mutter im Büro verdiente, ein klein wenig aufzubessern. In den Wochen vor Weihnachten nähte Großmutter ununterbrochen, ich hab noch das Summen der »Pfaff«-Nähmaschine im Ohr, ich kann mich nicht erinnern, sie jemals schlafen gesehen zu haben. Klar, dass man sich da nichts sehnlicher wünscht als Ruhe. Das weiß ich heute, damals war mir der Gedanke völlig fremd.

»Meine Ruhe!« – für ein Kind ist das der rätselhafteste Wunsch auf der ganzen Welt. Vor allem zu Weihnachten. Wie soll das Christkind oder sonst jemand »Meine Ruhe!« in Weihnachtspapier hüllen? Nicht einmal auf den Christbaum kann man »Meine Ruhe!« hängen, höchstens als Wort auf einem Zettelchen in einem kleinen Kuvert.

Mit meiner Schwester, die eine begnadete Zeichnerin war, bastelte ich einmal so ein »Meine Ruhe!«-Kärtchen. Sie schrieb die beiden Wörter in schönster Zierschrift, ich klebte jede Menge Silbersterne dazu. Dann streuten wir noch Goldstaub aus und wickelten eine Strähne Engelshaar um das Kärtchen. »Meine Ruhe!« Irgendwie kam uns die Sache immer noch lächerlich vor, und wir kauften der Großmutter doch lieber vom Taschengeld ein Fläschchen Eau de Cologne und eine »Freddy Quinn«-Schallplatte. Das Kärtchen verschwand irgendwo zwischen den Bastelsachen im Kinderzimmer.

Natürlich bekam meine Großmutter jede Weihnachten ein hübsches Geschenk: ein Fotoalbum, ein Halstuch, ein Leselämpchen. Aber gewünscht hatte sie sich stets nur das eine: »Meine Ruhe!«

Kinderwünsche sahen immer schon ganz anders aus. Auch in meiner Kinderzeit. Kinderwünsche waren vor allem riesengroß: Puppenküche, Matador-Baukasten, Plattenspieler, Schlittschuhe. Und nach dem Auspacken musste der Berg mit dem zerknitterten Weihnachtspapier halb so hoch wie der Christbaum sein, mindestens.

Zwischen mir und meinen Freunden gab es damals ein ungeschriebenes Gesetz, so ernsthaft und verpflichtend wie ein Indianerehrenwort: Nach der Bescherung ging es in die Kirche, und in die Kirche nahm man eines der soeben klopfenden Herzens ausgepackten Weihnachtsgeschenke mit. Und spätestens nach der Wandlung, allerspätestens wenn der Chor »Stille Nacht, heilige Nacht« sang, alle sechs Strophen, zeigte man den Freunden, was einem das Christkind gebracht hatte, ohne dabei den Gottesdienst und die Andacht der Erwachsenen allzu sehr zu stören.

Da zog man dann lässig den neuen Triebwagen seiner Modelleisenbahn aus der Manteltasche und ließ ihn von einer Hand zur anderen durch die Kirchenbankreihe wandern. Oder das Robinson-Crusoe-Buch. Oder die bunten Seidentücher aus dem »Kleinen Zauberkasten«. Dann wanderte das Geschenk nach genauer Begutachtung wieder zurück in die eigene Hand, und man steckte es zufrieden ein. Manchmal nicht ganz so zufrieden, wenn einer der Freunde mit einer besonderen Kostbarkeit, der silbernen Stoppuhr mit Zehntelsekunden-Einteilung etwa, geprotzt hatte.

Ich muss von einem Weihnachtsfest erzählen, an dem ich ausschließlich große Geschenke bekam, riesengroße. Nagelneue Skier, blitzblau und einssechzig lang, ein gigantisches Vogelhäuschen, nein: Vogelhaus, das Onkel Hermann extra für mich gebaut hatte, für mich und die Vögel in unserem Garten, und einen Hula-Hoop-Reifen. Das war der ganz große Renner damals, dieser Reifen aus buntem, hartem Plastik, den man um den Bauch und um die Hüften tanzen lassen konnte, wenn man es konnte. Jeder hatte einen Hula-Hoop-Reifen, und ich also endlich auch. Dem Christkind sei Dank. Die Großmutter hatte damals besonders oft und besonders tief in die Nacht hinein Kleider genäht.

Eine riesige Bescherung jedenfalls, eine riesige Freude, ein riesiges Problem! Was um Himmels willen sollte ich in die Christmette mitnehmen, um es dann in der Kirchenbank von Hand zu Hand wandern und bestaunen zu lassen?! Die Skier? Das Vogelhaus? Den Hula-Hoop-Reifen? Irgendetwas »Fremdes« zu nehmen, ein Geschenk aus dem Vorjahr, die Schallplatte vom Namenstagsfest, kurzum: zu lügen – das kam nicht in Frage. Indianerehrenwort bleibt Indianerehrenwort. Wenn gnügend Schnee gelegen hätte, damals zu Weihnachten, dann wäre ich vielleicht mit den Skiern zur Kirche gekommen, obwohl das keine Langlaufskier waren, aber dieses Opfer hätte ich gebracht. Jeder hätte mein Weihnachtsgeschenk schon von weitem gesehen, nicht erst bei der Wandlung oder bei »Stille Nacht« wie üblich.

Ich hätte die Skier vor dem Betreten der Kirche abgeschnallt und sie in der Ecke neben dem Beichtstuhl an die Mauer gelehnt ... oder unter die Kirchenbank gelegt. Es lag aber kein Schnee damals. Und die Skier einfach so auf der Schulter mitzuschleppen, durch die schneelose Nacht, das wär mir allzu angeberisch und eitel vorgekommen.

Mit dem Vogelhaus war es genauso, ganz zu schweigen vom Hula-Hoop-Reifen. Natürlich hätte ich die Sache mündlich aufklären und nach der Christmette von meinen Riesengeschenken berichten können. Aber das war gegen die Abmachung. Ich würde also in meine Manteltasche greifen, wie immer, und nichts herausziehen. Oder vielleicht …

Ich saß also in der Kirchenbank, Bubenreihe, Freundesreihe, der Chor sang »Stille Nacht, heilige Nacht«, und dann zog ich ein Kärtchen voller Silbersterne heraus. Darauf stand in der prächtigen Schrift meiner Schwester: »Meine Ruhe!«

Wenn ihr jetzt sagt, das wäre geschummelt, dieses Kärtchen sei doch einzig und allein für die Großmutter und niemand anderen gebastelt und dann doch nicht verschenkt worden, dann muss ich euch sanft, aber entschieden widersprechen. »Meine Ruhe!« habe auch ich mir, wenn ich es recht überlege, immer schon gewünscht, und damals ganz besonders.

Die Freunde sagten nichts. Die staunten nur, wie man staunt, wenn plötzlich der Komet über einem Stall steht oder Engel aus den Wolken herniederschweben. Eine Zeit lang nannten sie mich »den Philosophen«, das hatten ihnen wohl ihre Eltern vorgesagt. Spätestens beim Faschingsfest in der Schule, als ich mich vor den Augen der anderen mit meinem Hula-Hoop-Reifen kräftig blamierte, war alles wieder beim Alten.

Ich wünsche mir heute noch zu Weihnachten, in liebevoller Erinnerung, »Meine Ruhe!«. Und, wenn möglich, das eine oder andere dazu, muss ja nichts Großes sein …

Wenn jeden Tag Heiliger Abend wär

Wenn jeden Tag Heiliger Abend wär
Lametta und Kekse und Lieder
dann würde uns erstens der Magen schwer
und zweitens wüssten wir bald nimmer mehr:
Was wünschen wir uns heute wieder!
Und drum ist es besser – nur dass ihr's wisst
dass nicht jeden Tag Heiligabend ist!

Wenn jeden Tag Heiliger Abend wär
mit Engelshaar, Kerzen und Kuchen
dann wäre wohl bald unser Konto leer
und auch die Verwandten, die nervten uns sehr
mit täglichen Weihnachtsbesuchen!
Und drum ist es besser – nur dass ihr's wisst
dass nicht jeden Tag Heiligabend ist!

Wenn jeden Tag Heiliger Abend wär
mit Ganzjahreskunstfaserfichte …
im Winter im Schnee und im Sommer am Meer
und jeden Tag Weihnachtsgebäck als Dessert
und jeden Tag Hirtengedichte …
Ach, drum ist es besser – nur dass ihr's wisst
dass nicht jeden Tag Heiligabend ist!

Wenn jeden Tag Heiliger Abend wär
bekäme man mit Garantie
dieselben Geschenke wie am Tag vorher
und dann noch vom ewigen Kekseverzehr
schon bald eine Keksallergie!
  Es ist sicher besser – nur dass ihr's wisst
  dass nicht jeden Tag Heiligabend ist!

Doch ... sollt es nur Weihnachten möglich sein
dass wir Menschen menschlicher werden
dann spar'n wir Geschenke und Kekse ein
und feiern tagtäglich im Kerzenschein
nichts anders als: »Frieden auf Erden«!
  Dann wäre wohl denkbar – nur dass ihr's wisst
  dass jeden Tag Heiliger Abend ist!

Die Kraft der Wünsche

Am Heiligen Abend – ich denke, ihr wisst das – am Heiligen Abend haben die Theater geschlossen. Die großen Schauspielhäuser in den Hauptstädten, die Landes- und Stadttheater, die mittleren und kleinen Bühnen in der Provinz. Am Heiligen Abend machen sie den Laden dicht, wie die Theaterleute selbst es zu formulieren pflegen, um nur ja keine Sentimentalitäten über diese Tatsache aufkommen zu lassen.

Am Heiligen Abend bleibt die Bühne leer, und der eiserne Vorhang wird nicht hochgefahren. Das ist ein eisernes Gesetz.

Das verstehen wir, sagen die Leute ... auch die, die am liebsten täglich ins Theater gingen. Schauspieler sind halt auch nur Menschen, fügen sie hinzu. Die haben auch ein Recht darauf, den Heiligen Abend bei ihren Lieben zu verbringen. Zumal Schauspieler – ich denke, ihr wisst das – oft genug weit weg von ihren Familien leben müssen, in ganz anderen Städten, ja ganz anderen Ländern.

Damit die Theaterleute also den Heiligen Abend bei ihren Lieben verbringen können – deshalb bleibt am 24. Dezember der Laden dicht.

Wobei das nur ein Teil, ich meine: der kleinere Teil der Wahrheit ist.

Schauspieler sind – ich denke, das hat sich herumgesprochen – besonders sensible, empfindsame Wesen. Schauspieler, und das ist der Punkt, glauben noch an die Kraft der Wünsche. Vielleicht sind sie die Letzten auf diesem Planeten, die noch daran glauben.

Ein falsches Wort, ein falscher Wunsch … oder ein richtiger Wunsch, zur falschen Zeit ausgesprochen – und eine Lawine von Unglück geht über dem Schauspieler ab und verschüttet ihn. Sie wünschen toi, toi, toi, und spucken einander über die Schulter. Die richtige Schulter! Nur so gewappnet wagen sie sich auf die Bretter, die die Welt bedeuten, nicht mehr und nicht weniger.

Eines Tages in einer Stadt, deren Namen ich aus gutem Grund verschweige, brach man das eiserne Gesetz und sperrte am Heiligen Abend das Theater auf.

Man spielte ein beschauliches, der Weihnachtszeit durchaus entsprechendes Stück. Das Publikum – es kamen erstaunlich viele Menschen, die den Heiligen Abend einmal anders begehen wollten –, das Publikum war von den Darbietungen auf der Bühne durchaus angetan.

Am Ende des Spieles, in den friedlichen Schlussapplaus hinein, trat einer der Schauspieler ins Rampenlicht und deutete mit einer kleinen Handbewegung an, dass es noch etwas zu sagen gäbe.

»Im Namen der Direktion und im Namen meiner Kolleginnen und Kollegen wünsche ich Ihnen allen gesegnete Weihnachten sowie ein schneefreies Jahr und eine Menge Sorgen«, sagte er und wunderte sich ein wenig über das leise Raunen im Auditorium.

»Sorgenfreies Jahr und eine Menge Schnee!«, zischten ihm die Kolleginnen und Kollegen zu, und der Direktor schüttelte seinen leicht geröteten Kopf. Aber da war es schon zu spät.

Was soll ich sagen: Es folgte ein Winter ohne Schnee, und die Fremdenverkehrsbetriebe in jener Gegend, in der unser Theater seinen Standort hat, kamen in unbeschreibliche Schwierigkeiten. Das wirkte sich natürlich auch auf die Besucherzahlen des Theaters aus. Das Jahr konnte man, aus wirtschaftlicher Sicht, komplett vergessen.

Jener Schauspieler, dem dieser verhängnisvolle Fehler unterlaufen war, behauptet heute noch steif und fest, irgendwer habe ihm damals, vor diesem unseligen Auftritt am Heiligen Abend, über die falsche Schulter gespuckt, über die rechte nämlich!

Wie auch immer: Der Schaden war nicht mehr gutzumachen, und jeder im Ort glaubte an einen Zusammenhang zwischen dem falschen Wunsch und dem Ausbleiben von Schnee und Wintergästen.

Deshalb ... denn diese Geschichte hat sich in Windeseile von Theater zu Theater, von Schauspieler zu Schauspieler herumgesprochen ... deshalb bleiben am Heiligen Abend die Theater geschlossen.

Bis in alle Ewigkeit.

Meine zwei Adventkalender

Ich habe heuer, diesen Luxus leiste ich mir, zwei Adventkalender. Der eine ist genauso wie Adventkalender halt sind – mit einem schönen weihnachtlichen Motiv vornedrauf: einem hell erleuchteten Häuschen am Waldesrand mit viel Schnee und einem Schlitten voller Päckchen davor … und mit zwei Dutzend, von eins bis vierundzwanzig nummerierten Fensterchen. Wenn man dann – am jeweiligen Tag natürlich – ein Fenster öffnet, findet man einen Schneekristall, eine Wunderkerze oder einen himmlischen Stern. Wie in einem richtigen Adventkalender. Es ist ja auch ein richtiger Adventkalender. Ich hab ihn an meine Wohnungstüre geklebt, innen, eine Handbreit über dem Türgriff. Und jedes Mal, bevor ich am Morgen meine Wohnung verlasse, öffne ich ein Fenster.

Mein zweiter Adventkalender sieht in Wirklichkeit auch wie ein richtiger Adventkalender aus. Genau genommen schaut er dem ersten zum Verwechseln ähnlich. Das gleiche weihnachtliche Bild vornedrauf, mit dem Häuschen, dem Schlitten und dem Schnee. Gleich groß, gleich bunt. Gleich teuer war er auch; aber das nur am Rande.

Beim zweiten Adventkalender – macht mir das bloß nicht nach! – hab ich noch vor dem ersten Dezembertag die Rückwand mit den kleinen Bildern hinter den Fensterchen entfernt. Und wenn ich jetzt so ein Adventkalenderfenster öffne, finde ich – nichts! Keinen Schneekristall, keine Wunderkerze und keinen himmlischen Stern. Ich kann durch das Fenster durchschauen, wie durch ein richtiges Fenster. Diesen zweiten Adventkalender hab ich an mein Schlafzimmerfenster geklebt. Jeden Tag, gleich nach dem Aufwachen, öffne ich einen der vierundzwanzig winzig kleinen Fensterläden und schaue hinaus auf die Straße vor meiner Wohnung.

Einmal sah ich, wie gerade der Müllwagen vor unserem Haus stehen blieb und Berge von Müll in sich hineinschluckte. Ich sah auch schon Kinder mit schweren Schultaschen und sehr blassen Gesichtern Richtung Schule laufen. Ehepaare miteinander streiten. Autofahrer, die einander beschimpften, bloß weil der eine in dieselbe Parklücke einbiegen wollte wie der andere. Einen Rettungswagen, der einen Kranken abholte. Viele müde Menschen hab ich schon gesehen, durch meine Adventkalenderfensterchen, ein paar zufriedene, ein paar traurige, Menschen wie … dich und mich.

Kurz und gut: Durch die Fensterchen in meinem Adventkalender, der am Schlafzimmerfenster klebt, sehe ich ein kleines Stück von der ganz gewöhnlichen Welt da draußen. Manchmal macht mich das fröhlich, manchmal, ziemlich oft sogar, nachdenklich, je nachdem.

Heute früh hab ich durch das Adventkalenderfenster einen Mann gesehen … hat ganz schön geschwankt; ich fürchte, der hat wohl viel zu viel getrunken, letzte Nacht. Vielleicht ist er einsam gewesen, verzagt, verzweifelt – Freundin verloren, den Job, die Wohnung, den Sinn des Lebens aus den Augen verloren … was weiß ich!

In meinem Tür-Adventkalender, dem ganz normalen, wie ihr ihn wohl auch zu Hause habt, war ein Engel abgebildet, einer mit weißen Locken und goldenen Flügeln. Herrlich, lieblich, wunderschön. Ein Vorbote vom großen Weihnachtsfest.

Seit ich zwei Adventkalender habe, diesen Luxus leiste ich mir, kann ich beides sehen: den Alltag vor meinem Fenster, aber auch die Tannenzweige, die Lichter, die Engel und – in ein paar Tagen schon – das Kind in der Krippe.

Ich gehe jetzt öfter lächelnd aus dem Haus, den Stern und den Wunderkerzenschein vom Tür-Adventkalender in meinem Herzen. Vielleicht begegnet mir ja gerade heute, draußen auf der Straße, einer, den ich durch das andere Adventfensterchen schon gesehen habe …

In meiner Stadt, im Advent

In meiner Stadt, im Advent
du, da spielen die Menschen verrückt
alles sputet sich, hastet und rennt
wer nicht Acht gibt, der wird schier erdrückt.
Und es glühen die Wangen vom Punsch und vom Wein
und die Lautsprecher brüllen nur: »Kaufen Sie ein!
Weihnachtsmützen, die blinken, sind heuer modern!«
und ich seh in der Finsternis nicht einen Stern
    Manchmal hab ich ihn ziemlich satt
    den Advent, in meiner Stadt!

In meiner Stadt, im Advent
ach, ich fürchte, ich werd langsam alt
… wenn da eine Million Lichter brennt
ist es immer noch dunkel und kalt
Statt des Jesuskinds lacht überall Harry Potter
einen Bienenwachsengel zertritt man im Schotter.
»Bitte vorsichtig sein«, wird den Gästen empfohlen
»grad auf Christkindlmärkten wird gerne gestohlen!«
    Manchmal hab ich ihn wirklich satt
    den Advent, in meiner Stadt!

In meiner Stadt, im Advent
und ich bin hier seit ewig zu Haus
denk ich manchmal, für einen Moment:
vielleicht wander ich doch einmal aus!
Wenn der Dauerberieselungs-Lautsprecher schreit:
»Merry Christmas!« zum »Sound of The Silent Night«
und »Umsatzrekord« heißt der sehnlichste Wunsch
und es glühen die Wangen vom Wein und vom Punsch …
Ach, wie hab ich ihn manchmal satt
den Advent, in meiner Stadt!

In deiner Stadt, im Advent
du, da wird es wohl ganz anders sein
keiner sputet sich, hastet und rennt
und am Abend ist keiner allein.
Und dann rückt ihr zusammen, so denk ich's mir aus
und Frieden und Kerzenduft strömt durch das Haus
und Kinder, die singen, und es wird musiziert
und keiner bleibt draußen, im Winter, und friert
wie der Herr uns geheißen hat …
im Advent, in deiner Stadt.

In uns'rer Welt, dieses Jahr
und die Welt fing zu brennen an
als der Himmel voll Rauchwolken war
in New York, in Afghanistan
da hätten wir fast unser'n Glauben verloren:
ist Christus, der Retter, denn wirklich geboren?
Und wir haben ja nichts als die Kraft uns'rer Herzen
und Lieder und Kinder und Worte und Kerzen
    und den Schnee, der vom Nachthimmel fällt ...
    's ist Advent, Freunde, in uns'rer Welt!

Hirten, akademische

Ich war ja selber einmal ein Hirte, auch wenn mir das heute keiner mehr ansehen mag. Zwölf Jahre war ich alt bei meiner Premiere, ein halber Greis schon, aber dafür: Gymnasiast, humanistischer noch dazu. Unser Musikprofessor, der beim berühmten Salzburger Adventsingen im Großen Festspielhaus die Orgel spielte, hatte uns auserwählt: Höllbacher, Jost und mich. Weil wir am besten sangen … oder die Einzigen waren, die sich halbwegs ernsthaft an seinem Gesangsunterricht beteiligten. Jedenfalls schickte er uns zum Vorsprechen, ins Heimatwerk am Residenzplatz, zum sagenumwobenen Tobias Reiser senior, dem Gründer und Leiter dieser adventlichen Feststunde, von der die ganze Welt schwärmte.

Wir waren, ihr mögt mir dieses große Wort verzeihen, Elitehirten, von Anfang an, die Creme de la Creme im Lodenkostüm gewissermaßen. Stadtleute. Des Lateinischen mächtig. Hirten, akademische. »Gloria in excelsis Deo.« Das war unser täglich Brot. Die anderen, die Hirten aus den Gebirgsgegenden, kamen aus den Haupt- und Volksschulen, einfache Wesen mit viel zu lauten Stimmen und null Bildung. »Gloria in excelsis Deo« – das konnten die nicht einmal aussprechen. Geschweige denn übersetzen. Ehre sei Gott in der Höhe.

Dann kam die erste Übungsstunde. Hirtensprache.

»Es hoaßt net klaa, sondern kloa«, belehrte uns der Ehrfurcht gebietende Tobi Reiser, Gott hab ihn selig. »Net Staa, sondern Stoa. Net haaß, sondern hoaß. Net Schaas, sondern Schoaß.« So wurden wir Hirten.

»Ihr sad's doch die Lateiner?«, redete uns drei, Höllbacher, Jost und mich, einer dieser Hauptschul-Hirten aus dem Gebirge an, eines Abends kurz vor unserem Auftritt. »Lateiner, natürlich«, sagten wir. »Deo gratias. Gott sei Dank!«

»Und was hoaßt dann des«, fragte er und warf uns zwei lateinische Wortbrocken vor die Hirtenstiefel. »Akasúnda litábia.«

Kinderspiel, dachten wir und wollten schon mit der Übersetzung beginnen – aber da fingen die Posaunen zu blasen an, und wir mussten schleunigst auf die Bühne, das göttliche Kind zu suchen.

»Akasúnda litábia.« Acalánthis, das heißt Stieglitz. Hatten wir schon gelernt. Litánia würde Flehen bedeuten, Bittgesang zu Gott. Aber litábia? »Akasúnda litábia?«

Wir lagen im Stroh, auf der Adventbühne im Großen Festspielhaus, Höllbacher, Jost und ich, und zermarterten uns die Köpfe, während das heilige Paar von Wirt zu Wirt zog und keine Herberge fand. »Akasúnda ...« – so ein lausiger kleiner Landhirte wird uns glorreiche Gymnasiasten gewiss nicht in Verlegenheit bringen! Mit zwei läppischen Vokabeln!

Brachte er aber. Vor allem weil wir, unkonzentriert vor lauter Studieren, unsere Szene verpatzten, was aber nur die anderen Hirten merkten und der große Hirtenvater natürlich, der uns nach Ende der Vorstellung heftig ins Gebet nahm.

»Akasúnda litábia«? Diese zwei Zauberwörter! Heute, fast vierzig Jahre später, kann ich's ja verraten. »Akasúnda litábia« – das ist nichts Heiliges, nichts Göttliches. Kein Hirtenspruch, kein Engelsgruß. »Akasúnda litábia« heißt: »A Kas und a Lita Bier!« Kas und Bier. Käse und Bier also. Wir hätten ihm die Ohren lang gezogen, dem Hauptschul-Hirten aus dem Gebirge. Wenn ... ja wenn nicht ausgerechnet Advent gewesen wäre. Wir haben dreimal tief geschluckt und dann süßsauer gelächelt.

Das Lateinische hab ich so gut wie vergessen. Und Hirte bin ich schon lang keiner mehr. Aber: Wenn ich dann und wann, alle Heiligen Zeiten, an einem simplen Stück Käse kaue und ein Schlückchen Bier dazu trinke, dann gerate ich jedes Mal, wie durch einen Zauberspruch, in die herrlichste, seligste, friedlichste Adventstimmung, zu jeder Tages- und Nachtzeit, im Sommer wie im Winter.

»Akasúnda litábia.«
Gloria in excelsis Deo!

Und oben, heißt es, ist ein Stern

Und oben, heißt es, ist ein Stern
du musst nur mit ihm geh'n
der führt dich vor den Stall des Herrn …
    hab keinen Stern geseh'n.

Und oben – nichts als Dunkelheit
kein leuchtender Komet
wie in den Schriften prophezeit …
    o Herr, ich komm zu spät.

Und oben nicht das kleinste Licht
seit Tagen dieser Schnee
ich seh die Hand kaum vorm Gesicht
    am Weg, auf dem ich geh.

    Und nirgendwo der kleinste Wink
    kein Feuer wird entfacht.
    Ich geh im Kreis, Herr, und versink
    in schwarzer, schwarzer Nacht.

Und oben, sagt man, wär es hell
als wäre Frühlingszeit
ich geh und komm nicht von der Stell'
    in dieser Dunkelheit.

Da hat mich einer hingeführt
mit leichtem, gutem Schritt.
Hat einfach meine Hand berührt
und nahm mich einfach mit.

Und oben, heißt es, sei ein Stern
den Stern, den sah ich nie.
wir kamen zu dem Stall des Herrn
und fielen auf die Knie.

Der mich geführt – jetzt fragt er mich:
»Wie sieht Maria aus?
Hat sie ein Lächeln im Gesicht?
Ist das ein schönes Haus?«

Und ob es schläft ... und ob es lacht
das gottgesandte Kind?
Der Mann, der mich ans Ziel gebracht
jetzt sah ich es – war blind.

Hat keinen Stern, kein Licht geseh'n
und wusste doch Bescheid.
Lasst mich allein nach Hause geh'n
durch meine Dunkelheit ...

Die Teddys und der Knabe Holl

Es gibt wohl, möchte ich behaupten, keinen komplizierteren Abschnitt im Leben als jenen, da man kein Hirte mehr ist und noch kein Popsänger. Nicht mehr der Liebling der Tanten und noch nicht der der Mädels. Die Stimme spielt verrückt, und alles eben noch Liebliche wird auf einmal peinlich. »Da oben – der Stern!« Jedes Wort schrammt in einer anderen Tonhöhe daher. Das Publikum kichert, und die Wangenhaut, unterm filzigen Hirtenhut, färbt sich ins Feuerrote. Stopp, Sense, Schluss!

Mit 14 zogen wir endgültig das Lodenkostüm aus und schlüpften in die Blue Jeans. Wir hießen ab sofort nicht mehr »Xaver«, »Lippei« und »Bartl«, sondern »Die Teddys«. Anton spielte Akkordeon, Ossi Gitarre, ich Trompete. Im Mai hatten wir unsere Band gegründet, jetzt war Advent, und ein gutes Dutzend Nummern fand sich bereits in unserem Repertoire, die Schlager der Saison und zwei, drei »Englische« wie zum Beispiel »Wooly Bully« von »Sam The Sham & The Pharaohs«. In »Wooly Bully« geht es um … tja, das haben wir eigentlich nie wirklich verstanden. War auch egal, wir sangen ja nicht. Nicht einmal »Schuld war nur der Bossanova« oder »Küsse unterm Regenbogen«. Wir waren ein reines Instrumentalensemble, stimmbruchtechnisch bedingt.

Wir spielten damals nach Noten, und Noten kosteten Geld. Notenständer kosteten Geld. Außerdem und hauptsächlich wollten wir uns endlich die eigene Künstlerkluft leisten – zu den Blue Jeans schwarze Rollkragenpullover mit aufgenähtem Anker aus weißem Zwirn. Das kostete noch mehr Geld.

Natürlich hätten wir uns alles wünschen können. Aber Wünschen ist etwas für die Hirten. Die »Beatles« haben sich ihre Gitarren ja auch nicht einfach vom Weihnachtsmann gewünscht. So was Wichtiges muss man sich schon selbst organisieren. Durch harte Arbeit und gepflegtes Können. Künstlerehre sozusagen.

Kurz und gut: In jener ersten Adventsaison nach den Hirtenspielen traten wir, klopfenden Herzens, aber siegesgewiss, ins neue Rampenlicht, »Here are – Die Teddys! Wir bitten um eine kleine Spende!«. Advent ist für solche Aktionen perfekt geeignet. Alle Menschen haben die Herzen weit offen und die Spendierhosen an, erst recht, wenn ihnen drei hoffnungsvolle Akteure die entsprechende Begleitmusik dazu liefern.

In unserem Häuserblock wohnten damals insgesamt zwölf Familien, wobei ich jetzt auch den Herrn Pollhammer als Familie zähle, obwohl er allein stehend war. Allein stehend und unmusikalisch. Seine Frau war ihm davongerannt, wie die Erwachsenen sagten. »Das verstehen wir!«, fügten sie meist hinzu.

Wir fingen mit unseren Häuserblock-Adventkonzerten bei den eigenen Familien an, da konnte nicht viel schief gehen. Die waren ja irgendwie schon ein bisschen stolz auf uns. Heimvorteil gewissermaßen.

Wir hatten uns ein todsicheres Programm zurechtgelegt: Ein bisschen was Vorweihnachtliches, »O Tannenbaum«, »Süßer die Glocken nie klingen« und so, dann ein paar dezente Schlager, »Buona Notte«, »Küsse unterm Regenbogen« und zum Schluss »Stille Nacht«. Und dann abkassieren, die Notenständer nehmen und weiter zur nächsten Hauspartei, zum nächsten Auftritt. Bei unseren eigenen Familien verdienten wir uns immerhin den ersten halben Rollkragenpullover für die Band-Garderobe.

Die Weinknechts spendeten nobel, die Greisbergers auch, der Herr Pollhammer sah, nachdem wir an seiner Wohnung geklingelt hatten, unsere Instrumente, rief »Verschwind'ts, aber schnell!« und warf die Türe ins Schloss. Jetzt verstanden auch wir, warum ihm seine Frau davongelaufen war.

Diese erste »Teddys-Haus-Tournee« fand am zweiten Adventsonntag statt, am dritten wagten wir uns in den Nachbarsblock. Läuten, spielen, abkassieren. Dem Pfarrer, der hier seine Dienstwohnung hatte, missfielen die »Küsse unterm Regenbogen«, die im Advent nichts verloren hätten. Schon gar nicht, wie er meinte, unmittelbar vor »Stille Nacht«.

Wahrscheinlich hätte er das Lied gar nicht erkannt, vermutlich hatte er es noch nie gehört, Pfarrer beschäftigen sich ja äußerst selten mit der Unterhaltungsmusik und mit dem Küssen, aber Anton, unser Akkordeonspieler, pflegte jede Nummer anzukündigen. »Als Nächstes spielen wir ›Küsse unterm Regenbogen‹!«

Der Pfarrer mahnte uns und spendete (»für die schöneren Lieder«, wie er sagte) je ein Stück Christstollen und je ein Beichtbildchen mit weihnachtlichem Motiv.

In diesem Haus wohnte auch der Professor Knattek, ein ehemaliger Operettendirigent, der am Schauspielseminar Gesangsunterricht gab. Wir hätten es gar nicht gewagt, an seiner Türe zu klingeln, außerdem war er uns immer ein wenig unheimlich gewesen, aber er musste uns bereits akustisch wahrgenommen haben, als wir beim Pfarrer oder bei der Familie Fadinger vorspielten. Jedenfalls passte uns seine Frau im Treppenhaus ab und führte uns, wie man Häftlinge führt, hinauf in das oberste Stockwerk.

Der Professor Knattek war unglaublich dick und trug am späten Nachmittag noch einen Schlafrock. Wir spielten schlechter als sonst, vor lauter Aufregung, und der Professor schlug sich manchmal mit der Hand auf die Stirn, dass es nur so klatschte. Dann mussten wir noch Tee mit ihm trinken und uns seine Belehrungen anhören, über falsche Tempi und mangelndes Rhythmusgefühl. Geld gab es keines, nicht einmal Christstollen, dafür versuchte uns der Professor die eine oder andere Unterrichtsstunde bei ihm einzureden. Was ihm freilich nicht gelungen ist. Wir waren die »Teddys« immerhin und er ein pensionsreifer Operettenheini.

Ein bisschen was fehlte noch auf den dritten Rollkragenpullover, also machten wir uns auch am letzten Adventsonntag auf den Weg, diesmal zu einem entfernteren Wohnblock, in dem Manfred, ein Mitschüler, mit seiner

Familie lebte. Und ein Stockwerk drüber ein gelegentlicher Spielgefährte namens Holl. Heinrich oder eigentlich Heini Holl.

Bei Manfred war niemand zu Hause. Also läuteten wir bei Holl. Mein Herz klopfte noch stärker als sonst. Nicht wegen Holl, sondern wegen Holls Schwester.

Sabine Holl war ein Wesen wie aus dem Weihnachtsbuch, holdes Mädchen, lockiges Haar. Sabine wäre jemand für die Zukunft gewesen! Für sie und niemand anderen würde ich also spielen. Meiner Trompete wollte ich die schönste Engelsstimme entlocken, ruhig strömend, mit leichtem natürlichem Schmelz veredelt. Anton, glaube ich, dachte das Gleiche, was sein Akkordeonspiel betraf. Und Ossi sowieso. Ossi spielte immer nur für Mädels, egal zu welcher Jahreszeit.

Die Holls waren zu Hause, und Sabine öffnete. Man ließ uns ein, als hätte man uns bereits erwartet. Da saßen sie also um den Wohnzimmertisch: die Eltern, ein Großvater, eine Großmutter, Sabine und Heini. Auf dem Adventkranz brannten vier Kerzen.

Wir spielten uns bravourös durch das volle Programm, in das wir ganz spontan auch »Wooly Bully« aufnahmen, weil Sabine sicher »Wooly Bully« mochte, wie alle jungen Menschen damals ganz scharf auf »Wooly Bully« von »Sam The Sham & The Pharaohs« waren. Dann also »Stille Nacht«, als krönender, für Sabine unvergesslich sein sollender Abschluss. Die Stimmung war prächtig, die Holls begannen sogleich mitzusingen, auch Sabine, und alles lief einem guten und friedlichen Ende entgegen – bis zu dieser verflixten vierten Zeile.

Ich muss Folgendes vorausschicken: Dieser Heini Holl hatte damals bereits einen … wie soll man sagen … gewaltig großen Kopf, einen wuchtigen Schädel, eine Riesenbirne. Noch dazu trug er Stoppelglatze, Millimeterschnitt, obwohl sich in jenen Tagen jeder die Haare bis in den Kragen wachsen ließ oder hätte wachsen lassen, wenn die Eltern nicht so spießig gewesen wären. Der Knabe Holl hatte so gut wie keine Haare auf dem mächtigen Haupt, schon gar keine Locken.

Wir hatten noch davon geredet, beim Anmarsch zu den Holls. Leider hatten wir davon geredet! Der Holl mit seinem Plutzer! Der habe bestimmt dreimal »Hier!« gerufen, als Gott, der Herr, den Menschen die Hutgrößen zuteilte. Und Ähnliches.

Jetzt waren wir mitten im schönsten aller Weihnachtslieder, ich blies meine Engelstrompete, und die anderen sangen. »Stille Nacht, heilige Nacht / Alles schläft, einsam wacht / Nur das traute heilige Paar.« Dann kam die vierte Zeile.

Die vierte Zeile von »Stille Nacht« lautet: »Holder Knabe im lockigen Haar«. Da war es aus, schlagartig, da verlor ich meine Haltung, meine Würde, meine Seriosität und versaute mir jegliche gemeinsame Zukunft mit Sabine. Was mussten wir auch ausgerechnet bei den Holls spielen! Die Holls sangen »Holder Knabe im lockigen Haar«, und ich verstand »Holl, der Knabe im lockigen Haar«. Dabei hatte der Knabe Holl eine Riesenrübe und eine Stoppelglatze. Plötzlich wölbte sich unkontrolliert und hinterhältig ein Lachen aus meinem Inneren, direkt Richtung Mund und entlud sich in der Trompetenstimme.

Das klang wie ein Wiehern und hörte nicht mehr auf. Ich wieherte und rülpste das Lied zu Ende, mit feuerroten Wangen und literweise Schweiß auf der Stirne und hatte nicht einmal einen Hirtenhut, den ich mir ins Gesicht hätte ziehen können. Ich habe das schönste aller Lieder verlacht und verunstaltet und vor allem mich zum Narren gemacht. Ich weiß gar nicht mehr, wie ich nach Hause gekommen bin. Fluchtartig vermutlich. Jene Weihnachten hab ich total aus dem Gedächtnis verloren. Als Lohn und Dank soll es entsetztes Kopfschütteln gegeben haben, keine Kekse, kein Geld. Aus Sabine und mir ist nichts geworden.

Heute, so viele Jahre klüger, so viele Jahre reifer, fällt mir immer noch der Knabe Holl ein, wenn irgendwo, im Supermarkt oder bei der Mitternachtsmette im Dom, »Stille Nacht« erklingt, jener Knabe Holl, der heute ein wohl situierter Mann sein soll, ein liebevoller Vater, der sich in der Orgelbaukunst einen Namen gemacht habe. Wir haben uns irgendwie aus den Augen verloren.

Jetzt könnte es natürlich sein, dass ich euch, was ich nicht wollte, einen Floh ins Ohr gesetzt habe, der immer wieder auftauchen wird, sobald ihr beim Absingen des herrlichen Liedes zu dieser Zeile gekommen seid – »Holder Knabe im lockigen Haar«.

Denkt an den holden Knaben Jesus und denkt auch an Holl, den Knaben mit der Riesenbirne, den wir übermütigen Burschen auch sonst das eine oder andere Mal mit Spott und billigen Scherzen überschüttet haben, was mir heute unendlich Leid tut.

Macht die Herzen auf und denkt an die beiden. An Gott und an Holl. Und an mich. Lächelt ruhig über uns drei, Lächeln gehört ja in jede Krippenlandschaft. Weihnacht ohne Lächeln ist eine verlorene Weihnacht. Das Kind im Stall hat schließlich auch gelächelt, nein: nicht gelächelt, gelacht! Und das nachweisbar! In der zweiten Strophe von »Stille Nacht, heilige Nacht« heißt es: »Gottes Sohn, o wie lacht«. Ihr kennt ja diese lächerliche Scherzfrage: Wie heißt Gottes Sohn? – Jesus! – Nein, Owie! – Warum Owie? – »Gottes Sohn Owie lacht«. Da ist mein »Holl, der Knabe im lockigen Haar«, der in Wirklichkeit Stoppelglatze auf der Riesenbirne trägt, ja die reinste Poesie dagegen, voller Menschlichkeit und Würde. »Owie lacht« ist simples Wortspiel, pietätlos und schal, billige Comedy sozusagen. »Holl, der Knabe« hingegen führt uns bildhaft in die Abgründe des Lebens und zurück und hinauf zu den Adventsternen. Nicht mehr und nicht weniger.

Falls du das zufällig lesen solltest, Sabine Holl oder wie auch immer du heute heißen magst – schreib an den Verlag. Dort erhältst du sicher meine aktuelle Adresse, und schöne Grüße an den Bruder!

In jener Nacht, mitten am Tag

Die Natur spielte verrückt, total verrückt; alles war mit einem Mal anders; anders als gewohnt, anders als gestern, anders als je zuvor.

Finsternis und Helligkeit, Stille und Lärm tauschten plötzlich ihre Kleider, selbst die Temperaturen hielten sich an keine Regeln. Alles war anders an diesem Tag. Sommerblumen zogen ihre Blütenköpfe ein, mitten am Tag, Vögel, die grad noch Flugbahnen in den Himmel geschrieben hatten, ganz nach Plan, genau wie immer, hockten sich auf die Äste des nächstbesten Baumes, als wäre die Nacht hereingebrochen, als wäre es Zeit, schlafen zu gehen; es war aber heller Tag, Mittag grad vorbei, mitten im August.

Da blitzte am Himmel ein Licht auf, helles, gleißendes, diamantfarbenes Licht, mitten aus der tiefen, schweren Dunkelheit heraus, und nach zwei Minuten und einundzwanzig Sekunden war die Sonnenfinsternis wieder vorbei.

Wir hatten es genau gesehen, mit eigenen Augen, wie es dunkler und dunkler geworden war, gesehen und gespürt, wie es kühler wurde, kühler und kühler und stiller und stiller. Mitten am Tag, mitten im August. Man hat jedes Detail festgehalten, mit Teleskopen, Fotoapparaten und Videokameras, und niemand, der nicht dabei war, wird uns später einmal belächeln können.

Wir haben uns an den Händen gehalten und in den Himmel gestarrt, wie Kinder in das Licht der Wunderkerzen starren, am Heiligen Abend, bei der Bescherung. Nur dass unsere Augen durch Schutzbrillen gesichert waren. Das Licht da oben hätte uns geblendet für immer, in jener seltsamen Nacht mitten am Tag im August.

So ähnlich mag das wohl gewesen sein, damals, als es taghell wurde, »bei der Nachte«, als die Luft sich erwärmte, mitten im kalten Winter, dass ein Ros' entspringen und Apfelbäume zu blühen beginnen konnten, wie uns die Alten sungen, wie wir uns im Advent immer wieder erzählen oder erzählen lassen. Als die Luft plötzlich erfüllt war mit tausendstimmigem Engelsgesang. So ähnlich, damals …

Im Unterschied zu damals hatten wir, jedenfalls wir Erwachsenen, wir aufgeklärten Erwachsenen des letzten Sommers in diesem Jahrtausend, hundert Sätze parat, kluge Sätze, um diese Naturerscheinungen zu deuten. Der Mond hat sich vor die Sonne geschoben; die nächste totale Sonnenfinsternis ist im Jahr 2081 zu erwarten. Basta.

Kein Wunder, kein Zeichen, nichts von Mysterium, und nicht einmal die Welt ist untergegangen. Ein bisschen Advent im Sommer, zwei Minuten einundzwanzig Sekunden lang – das war es wohl. Eine leichte Verunsicherung, ein leiser Schauer, irgendwas Unheimliches war mit im Spiel; aber wie gesagt: Es ließ sich alles erklären.

Vielleicht klingt das hochmütig, aber ich wäre gern dabei gewesen, als Maria durch den Dornwald ging,

Maria mit dem Kind unterm Herzen, damals im Jahre Schnee, als die Rosen blühten, nur weil sie vorbeigingen, Maria und das Kind. Aus keinem anderen Grund. Und kein Wissenschaftler weit und breit, der uns dieses Phänomen erklärt hätte, warum da plötzlich ein Dornengestrüpp zu leben, zu blühen und zu gedeihen beginnt, just wegen einer Mutter und ihres Kindes.

Ich wäre auf die Knie gefallen, ich, irgendwo am Rande des Weges, unbemerkt, im Hintergrund dieser Szene, und hätte mein Leben geändert, von heute auf morgen.

Ich muss gestehen: Den Müttern glaube ich immer noch mehr als den Wissenschaftlern, auch wenn ihr mich steinigen möchtet für so einen Satz.

Bringt nicht jede Mutter mit ihrem Kind einen Dornwald, ein verdorrtes Stück Erde zum Blühen, bis es überall nach Rosen duftet, nach Rosen und Liebe? Vielleicht haben ja sogar die Steine geblüht, kalte verwitterte Steine an jenem nachtschweren Tag im August 1999, weil grad eine Mutter mit ihrem Ungeborenen durch unsere Dornenstadt gegangen ist, unbemerkt, während wir, durch unsere Schutzbrillen gesichert, auf das helle Licht am Firmament warteten ...

Damals, in der Hirtenzeit

Ich war keiner von den wichtigen Hirten damals. Hatte nur, wenn im Festspielhaus beim großen Adventsingen ein ganz bestimmter Scheinwerfer eingeschaltet wurde, zu sagen: »Da, der Stern !« Die anderen hatten viel schönere Sätze. Und längere.

Aber dafür war *ich* es, der den Stern als Erster sah, drei Adventsaisonen lang. »Da, der Stern!« … und nach und nach entdeckten ihn auch die anderen Hirten und schauten dorthin, wohin mein Finger zeigte: zum hellen Scheinwerfer, droben im Nachtfirmament des Festspielhauses. Dann sangen wir unsere Lieder, spielten unser Spiel zu Ende und legten uns auf den strohbedeckten Bühnenboden, während Maria und Josef ihre sorgenvolle Reise antraten.

Und dann kitzelten wir uns gegenseitig mit Strohhalmen in den Nasen, ohne dass die andächtigen Menschen im Zuschauerraum irgendetwas gemerkt hätten, oder machten merkwürdige Gesichter, unheilige Hirtengrimassen, und mussten uns das Niesen und das Lachen verbeißen, bis unsere Köpfe unter den Filzhüten rot und blau angelaufen waren. Hirten müssen schon einiges aushalten, wenn sie dem Stern nachgehen wollen und noch rechte Kinder sind.

Einmal, in einer Lateinstunde in der Adventzeit, als

ich grad ein stolzer, unheiliger Festspielhirte war, lernten wir das Wort »lippus«. Und »lippus«, das hab ich mir über all die Jahre hinweg gemerkt, »lippus« heißt: »... mit Fett beschmiert, triefäugig, halbblödsinnig«.

Am Abend nach dieser unsäglichen Lateinstunde standen wir auf der Hirtenbühne und sangen unsere Lieder. »Jetzt fangen wir zum Singen an« und »Wia schön glänzt die Sonn'«. Und dann ... dann kam dieses einfache, hübsche Lied vom Lippei, den es aufzuwecken galt. »He, Lippei, steh auf!« Aber bei »Lippei« fiel mir dieses Wort ein – »lippus – mit Fett beschmiert, triefäugig, halbblödsinnig«, und ich kämpfte mit allen Lachteufeln, halbblödsinnig, dass mir die Tränen über die Hirtenwangen rannen.

Einmal, als wir gerade zu unserem Hirtendienst gingen, ein Advent in den frühen sechziger Jahren, stand ein Totenwagen in der Nähe des Festspielhauses. Sie hatten auf dem Mönchsberg eine Frau gefunden, die – wie die Zeitung später schrieb – seit Monaten vermisst war. War auf den Berg gegangen, um zu sterben. War eine alte Frau, sagten die Leute, eine alte, einsame Frau halt. Wir gingen traurig auf unsere Bühne an jenem Abend, der Tod gibt dir auch als Kind zu denken, und spielten unser Spiel. Und keiner hat was gemerkt.

Die Welt ist immer noch voller Lachen und Tränen. Es stehen immer noch die Hirten auf den Bühnen, auf der Suche nach der Erlösung, schauen mit Kindergesichtern in den einen Scheinwerfer, der so hell ist wie ein echter Stern.

Die anderen Hirten

Ich denke, da waren auch Hirten dabei
damals, in jener Nacht ...
die hörten den Engel nicht und die Schalmei
todmüde vom Tag und der Schaf-Hüterei
sind einfach nicht aufgewacht
einfach nicht aufgewacht.

Ich denke, es waren auch Hirten dabei
damals, auf jenem Feld ...
die dachten, wie seltsam das alles doch sei
wie Spuk oder Schwindel und Tagträumerei
die haben sich schlafend gestellt
einfach nur schlafend gestellt.

Da war'n auch die Hirten, die eifrigen, frommen
wollten die Ersten sein ...
sind lang vor dem Paar in die Stadt gekommen
und haben die letzten Quartiere genommen
für ihn blieb ein Stall nur allein

Und mancher, denk ich, aus der Hirtenschar
hat wohl woanders gesucht …
und als er dann endlich am Ziele war
da waren das Kind und das heilige Paar
schon auf und davon, auf der Flucht
im Ägypterland, auf ihrer Flucht.

Und manch einer, damals, war wohl zu bequem
schlief lieber noch ein paar Runden
fand erst, drei Jahrzehnte nach Bethlehem
den Heiland … im kalten Jerusalem
am Kreuzweg, das Haupt voller Wunden
voll dorniger, blutiger Wunden.

Ach, freu dich, o Herr, jedes Hirten
der an deine Krippe kam
und all der Verlor'nen, Verwirrten
die sich auf dem Wege verirrten …
erbarme dich unser, in Gottes Nam'!

Opa Schnee

Wenn ich an Weihnachten denke, kommt mir mein Großvater in den Sinn. Opa Schnee.

Der Schnee ist seine Farbe gewesen. Die letzten Bilder, die ich von ihm im Kopf habe, sind Schneebilder. Das schneeweiße Haar, der schneeweiße Schnurrbart, das schneeweiße Polster, auf das sein Kopf gebettet war. Das schneeweiße Gesicht, zuallerletzt.

Schläfst du, Opa Schnee?

Auch die ersten Bilder, die ich von ihm im Gedächtnis aufbewahrt habe, sind Bilder mit Schnee.

Wir gehen durch eine Winterlandschaft, mein Großvater, meine Schwester und ich. Der Großvater in der Mitte, links und rechts wir Kinder. Hand in Hand in Hand.

Der Großvater hat einen guten, ruhigen Schritt. Wir tänzeln an seiner Seite, lassen uns ein Stück des Weges ziehen, wenn die Schneestraße ihre eisigen Stellen freigibt.

Es ist ein Heiliger Abend in der Stadt Salzburg. Drei Uhr Nachmittag, 1956 oder 57. Der Großvater hat uns pünktlich zu Hause abgeholt, wie jedes Jahr am Heiligen Abend. Die Mutter hat uns die Mützen aufgesetzt und den Schal ordnungsgemäß zurechtgezupft, die Großmutter hat uns ein paar Ermahnungen mit auf den Weg gegeben, uns Kindern und dem Großvater. Und während uns der Großvater durch die Schneestadt führt, schmücken sie daheim den Weihnachtsbaum.

Opa Schnee.

Eigentlich ist er gar nicht mein richtiger Großvater gewesen. Aber wir nannten ihn so. Er war nicht der Mann der Großmutter. Er war der Vater des ersten Ehemannes meiner Mutter. Ich bin der Sohn des zweiten Ehemannes der Mutter. Aber das hab ich als Kind nicht verstanden, und später ist es mir egal gewesen. Jedenfalls war er der einzige Großvater, den ich je hatte.

Die anderen beiden, die echten, hatte mir der Krieg weggenommen, wie ich allen, die nach meinen Großvätern fragten, mit einem sonderbar feierlichen Ernst mitzuteilen pflegte. »Meine Großväter hat mir der Krieg weggenommen – bis auf meinen Großvater!«

Opa Schnee.

Er kam, wie man so sagt, alle Heiligen Zeiten. Ostern. Am letzten Schultag vor den großen Ferien. Am Heiligen Abend.

Er besaß als einer der Ersten in unserer Stadt ein Tonbandgerät, und einmal haben wir darauf ein Muttertagsprogramm für die Urgroßmutter im Pflegeheim aufgenommen, mit Liedern und Gedichten und guten Wünschen und so. Der Großvater hielt uns ein riesiges Mikrophon unter die Nase, wir redeten und lachten und sangen davon, dass uns im Leben nichts so freut wie alte Leut' und dass von alten Menschen und Gotteshäusern in gleichem Maße der Segen ausgehe ... was man halt so singt bei diesen Anlässen ... und zu guter Letzt war alles auf dem Band festgehalten.

Mein Großvater war der erste und größte Zauberkünstler in meinem Leben.

Aber eigentlich sahen wir uns selten. Viel zu selten. Alle Heiligen Zeiten halt.

Es ist immer derselbe Weg gewesen, Weihnacht für Weihnacht, Jahr für Jahr. Und immer lag Schnee auf der Straße ... eine Menge Schnee ... bilde ich mir ein, heute, so viele schneelose Weihnachten später.

Von unserer Wohnung im Gebäude der Lehener Post aus gehen wir aufs Landeskrankenhaus zu ... am »Bräustübel« vorbei, an der Müllner Schule, dann den Mönchsberg entlang, durchs Neutor mitten in die Stadt hinein. Schnurstracks und ohne Abschweifungen unserem Ziel entgegen. Und dieses Ziel unseres nachmittäglichen Heiligabend-Spazierganges mit dem Großvater hatte stets den gleichen Namen: »Zum Wilden Mann«.

Der »Wilde Mann« war – und ist es heute noch – ein kleines Gasthaus in einem der Durchgänge zwischen Getreidegasse und Griesgasse, nicht weit von der Staatsbrücke entfernt, benannt nach einer alten Brunnenfigur, einem zotteligen, schuppenbedeckten Wassermann, der hier in der Nähe in seinem Fischbrunnen Wache hielt. Heute steht er dem Festspielhaus gegenüber, am Rande des Botanischen Gartens, und die prächtig gekleideten Festspielgäste würdigen ihn kaum eines Blickes.

Ich weiß nicht mehr, ob wir auch die Kirchen besucht haben, damals, auf unserer Tour durch den Heiligabend-Nachmittag, die schmucken Krippen ... oder das Museum, die große Spielzeugeisenbahnanlage. Ich hab nur mehr den »Wilden Mann« im Gedächtnis, wenn ich an

Weihnachten denke und an den Großvater, damals. Opa Schnee.

Jetzt werden sie gerade die schlanken gläsernen Eiszapfen auf die Christbaumäste hängen, Mutter und Großmutter, das Engelshaar und das Christkind in der Nussschale, mit der Flaumfeder als Decke. Ein Jesuskind, winzig wie eine Fichtennadel. So klein und zart, dass es höchstens in Kinderhände passt …

… und wir sitzen in der rauchigen Stube beim »Wilden Mann«, Großvater, Schwester und ich. Es ist laut, es wird Bier getrunken. Ein Männer-Gasthaus, und wir sind die einzigen Kinder.

Wir bestellen Bratwurst mit Sauerkraut und knallrotes Himbeer-Kracherl. Und während wir auf das Essen warten, auf den groben Holzbänken im stickigen Gastraum im »Wilden Mann« … und während an anderen Tischen Männer mit viel Bier im Bauch Weihnachten zu vergessen versuchen, bevor es noch richtig begonnen hat, kramt mein Großvater alle Bierdeckel zusammen, die in unserer unmittelbaren Umgebung auf den tischtuchlosen Tischen herumliegen.

Auf diesen Augenblick haben wir gewartet, sehnsüchtig gewartet, ein ganzes Jahr lang gewartet … wie andere Kinder auf die Bescherung warten, auf das Klingeln der Christbaumglocke. Und ähnliche Kleinigkeiten.

Der Großvater legt den Bierdeckelstapel an die Tischkante. Wir halten den Atem an wie im Zirkus, wenn der Messerwerfer zu den scharfen Messern greift und sich die Scheibe mit der festgeschnallten bildschönen Frau zu drehen beginnt.

Los, Opa Schnee!

Und dann wirft er mit dem Handrücken die Bierdeckel in die Luft, zwanzig Stück, und fängt sie mit den Fingern derselben Hand wieder auf. Alle! Kein Einziger ist zu Boden oder auf die Tischplatte gefallen. Kein Einziger von den zwanzig Bierdeckeln. Oder dreißig. Fängt sie auf, als wäre das die einfachste Sache von der Welt. Ich hab das nicht einmal mit drei Bierdeckeln geschafft, damals. Ich denke, ich könnte es heute noch nicht, obwohl ich es seit langem nicht mehr probiert habe.

Es war (lacht jetzt ruhig!) es war wie ein Weihnachtswunder. Wenn ich an Weihnachten denke, kommt mir immer als Erstes der Großvater in den Sinn, und ich sehe diese große, unendlich geschickte Hand, wie sie dreißig oder vierzig Bierdeckel gleichzeitig hochwirft und alle, ausnahmslos alle wieder auffängt.

Jede Weihnacht ist es so gewesen. Und ein Heiliger Abend ohne den »Wilden Mann«, ohne die Bierdeckel-Kunststücke meines Großvaters wäre ein verlorener Heiliger Abend gewesen.

Ich weiß, es ist nicht leicht zu verstehen, auch meine Lehrerin hatte damit ihre Probleme, wenn ich im ersten Aufsatz des neuen Jahres mit dem ständig wiederkehrenden Thema »Wie ich diesmal Weihnachten verbracht habe« immer wieder vom »Wilden Mann« und von den unglaublichen Fingerfertigkeiten des Großvaters berichtete, der es am Heiligabend-Nachmittag schaffte, vierzig oder fünfzig Bierdeckel gleichzeitig mit dem Handrücken in die Luft zu werfen und sie alle, ohne Ausnahme, wieder aufzufangen.

An dieser Stelle, die mindestens zwei Drittel des gesamten Weihnachtsaufsatzes in Anspruch nahm, kritzelte meine Lehrerin immer das gleiche rote Fragezeichen an den Heftrand.

Ich weiß bis heute nicht, ob sie es meinem Großvater nicht zutraute, dass er fünfzig oder sechzig Bierdeckel mit dem Handrücken hochwerfen und mit derselben Hand wieder auffangen konnte.

Oder ob sie sich schlicht und einfach am »Wilden Mann« stieß, am Bierdunst und am Zigarrenrauch, wo doch die anderen Mitschüler so hübsch vom Weihrauch und von den Wunderkerzen schrieben.

Irgendwann einmal kam der erste Heilige Abend ohne den »Wilden Mann«.

Mein Großvater, der einzige Großvater, den ich je hatte, und meine Großmutter, die nicht seine Frau war, hatten – weiß der Himmel, warum – einen Streit, so laut wie ein Krieg und so ernst wie ein böser Traum … am Heiligen Abend, Nachmittag, als er uns abholen wollte, die Schwester und mich, auf die Schneestraße hinaus, unserem einzigen Ziel entgegen.

Großvater ging alleine weg. Ich lag bis zum Abend heulend im Bett, bis zur Bescherung. Ich wusste, dass ich ihn Ewigkeiten nicht mehr sehen würde.

Als wir uns nach vielen Jahren wieder fanden, war sein Haar schon weiß wie die Schneewolken. Es war ein Februartag, er hatte eine kleine alte Frau an seiner Seite.

Sie gingen langsam, Schritt für Schritt, den steilen Weg nach Maria Plain hinauf, zur Wallfahrtskirche, Schritt für Schritt und Hand in Hand, wobei sie ihre Hände schwangen, als würden sie ein kleines Kind in den Schlaf schaukeln. Seit ich denken kann, ging er diesen Weg, einmal im Jahr, an einem bestimmten Tag im

Februar. Ich weiß nur mehr, dass es mit dem Krieg zu tun hatte, Dolomiten und so, 1917, wenn ich es richtig behalten habe.

Dass er so gut wie tot war unter der Lawine … Opa Schnee … und ein Feind hat ihm das Leben gerettet, ein Italiener hat ihn aus den Schneemassen gezogen, einfach so, von Mensch zu Mensch. Und seit ich das weiß, hab ich mit dem Wort »Feind« so meine Schwierigkeiten. Seit damals ging er diesen Weg, in Dankbarkeit, und manchmal ging ich mit ihm mit.

Ich bin ein Stück hinter den beiden hergegangen, hinter dem Großvater und der Frau, die er an der Hand führte. Erst droben, im Gasthaus zu Maria Plain, hab ich es gewagt, ihn anzusprechen.

Opa Schnee … und er hat mich an meiner Stimme erkannt, als hätten wir uns gestern und nicht vor zwanzig Jahren zum letzten Mal getroffen.

»Weißt du noch …«, will ich sagen, aber da hat er schon einen Bierdeckel herbeigeholt und ihn sorgfältig an die Tischkante gelegt. Ich halte den Atem an, wie damals, jetzt wirft er den Pappdeckel hoch und versucht, ihn mit den Fingern derselben Hand wieder aufzufangen. Es misslingt ihm. Beim vierten oder fünften Versuch nimmt er schließlich beide Hände zu Hilfe und fängt den Bierdeckel mit zittrigen Bewegungen auf.

Die alte Dame klatscht Beifall.

»Bravo, mein Lausbub«, sagt sie. Und er lächelt zufrieden.

»Er kann das mit hundert Bierdeckeln«, sage ich eifrig. »Ich habe das selbst gesehen. Weihnacht für Weihnacht! Beim ›Wilden Mann‹!«

Wenn ich an Weihnachten denke, kommt mir mein Großvater in den Sinn.

Opa Schnee.

Und tausend Bierdeckel segeln aus dem Schneehimmel, langsam und friedlich, schöner als der schönste Sternenstaub … wie Weihnachtsgrüße von weit her …

Wär nicht diese Dunkelheit

Wär nicht diese Dunkelheit – jetzt, in dieser Zeit
keine Lichter weit und breit
Lichter gegen ... Einsamkeit
wär nicht diese Dunkelheit
jetzt, in dieser Zeit!

Wenn nicht diese Kälte wär – jetzt, in dieser Zeit
Kälte legt ein Panzerkleid
über unsre ... Einsamkeit
wenn nicht diese Kälte wär
jetzt, in dieser Zeit!

Friedenstaube flattert jetzt
nach Ost und West, nach Nord und Süd
ist schon ziemlich abgehetzt
abgehetzt und müd

Friedenstaube flattert jetzt
hin und her und quer durchs Land
hätte sich gern hingesetzt
auf irgendeine Hand.

Wär nicht diese Dunkelheit – jetzt, in dieser Zeit
    keine Lichter weit und breit
    Lichter gegen … Einsamkeit
wär nicht diese Dunkelheit
jetzt, in dieser Zeit!

Wenn nicht diese Sehnsucht wär – jetzt, in dieser Zeit
    Sehnsucht nach … ich weiß nicht, was
    zart wie Weihnachtskugelglas
wenn nicht diese Sehnsucht wär
jetzt, in dieser Zeit!

Wenn nicht diese Ängste wären – jetzt, in dieser Zeit
    Friedenstaube, träumte mir
    abgestürzt … vor meiner Tür
wenn nicht diese Ängste wären
jetzt, in dieser Zeit!

Noch ein Mädchen mit Schwefelhölzchen

Die Nachricht verbreitete sich wie ein Lauffeuer: Das Mädchen mit den Schwefelhölzchen ist wieder da! Dieses Kind, hört ihr, das erfroren ist damals, in dieser bitterkalten Winternacht. Erinnert ihr euch? Erfroren, während wir unsere Feste feierten, unsere Gäste bewirteten, unseren Gänsebraten aßen, die herrlichen Weihnachtsgeschenke unterm prachtvollen Christbaum bewunderten.

War barfuß durch die Winternacht gelaufen … »Schwefelhölzchen, kaufen Sie Schwefelhölzchen!« Aber keiner hatte Zeit, keiner hatte ein Ohr, keiner hatte ein Herz für das Kind da draußen auf der Straße.

Später, morgen, gleich nach den Feiertagen …

In einen eisigen Winkel zwischen zwei zugigen Häusern hatte es sich gehockt, das arme Kind, müde und schwach, damals in dieser eisigen Stunde. Und die Schwefelhölzchen, eines ums andere, hatten es nicht gewärmt. Zu wenig gewärmt jedenfalls. Nur der Schnee hatte sein Erbarmen und deckte das Kind zu, sanft und unerbittlich zugleich.

Und am Morgen war das Mädchen mit den Schwefelhölzchen erfroren. Einfach so erfroren, auf der Straße draußen, hört ihr, und keiner hatte was bemerkt.

Das Mädchen mit den Schwefelhölzchen ist wieder da! »Sieben Schachteln«, rief einer, »oder gib mir acht. Schwefelhölzchen kann man nicht genug haben!«

»Ein Dutzend, mein Kind«, sagte ein anderer. »Ich zahl dir auch das Doppelte!« Und dann warf er die Schwefelhölzchen heimlich in den Müllcontainer. In Wirklichkeit brauchte kein Mensch Schwefelhölzchen in einer Zeit der Goldfeuerzeuge und der elektrischen Christbaumkerzen. Und trotzdem kauften sie. Einer nach dem anderen. Die halbe Stadt war auf den Beinen.

Man brachte dampfenden Tee und frisch gebackene Köstlichkeiten.

»Da, für dich«, murmelte eine gütige Dame und legte dem Mädchen einen warmen Mantel um die Schultern.

Einen Schal, eine hübsche Haube, Fäustlinge ... jeder brachte irgendetwas. Und das Mädchen mit den Schwefelhölzchen ließ sich beschenken, ein bisschen verlegen, ein bisschen verwundert, aber doch sehr zufrieden und ziemlich glücklich.

Die »Aktion Schwefelhölzchen« lief wie am Schnürchen.

Der Bürgermeister stellte sich mit nobler Spende ein, eine Fernsehkamera brachte stimmungsvolle, zu Herzen gehende Szenen ins Bild, mit dem reich beschenkten, immer noch ein wenig scheu lächelnden Kind und den vielen edlen, gütigen Spendern.

»Das passiert uns nämlich kein zweites Mal«, sagte der Bürgermeister in das Mikrophon, »dass uns ein hilfloses Kind zu Schaden kommt, weil sich keiner darum kümmert.« Und die Umstehenden nickten und klatschten in die Hände, dass die Frostfahnen nur so in den Himmel dampften.

Wenn ihr jetzt glaubt, das sei alles gewesen, dann habt ihr euch geirrt. Das Mädchen mit den Schwefelhölzchen wurde zu Tisch geladen, zuerst vom Bürgermeister, dann von den anderen Mitbürgern. Man gab ihm Quartier in den wärmsten und schönsten Herbergen. Es konnte sich satt essen und ausruhen und aufwärmen. Es wird überhaupt, wie ich die Dinge sehe, gut durch diesen Winter kommen, das zweite Mädchen mit den Schwefelhölzchen.

Ach ja. In meiner Stadt ist dieser Tage ein Mann erfroren. Auf einer Parkbank. Ein Unterstandsloser, vierundsechzig Jahre alt. Am helllichten Tag. Die Zeitung hat es in einer kleinen Notiz erwähnt. »Mann erfror auf Bank – mitten in der Stadt!«

Ach … hätte er doch bloß Schwefelhölzchen bei sich gehabt …

... und der Maronibrater heißt Engelmann!

Im Sommer stirbt hier der Jedermann, Jahr für Jahr, kleinlaut nach einem großspurigen Leben. Hier auf dem glutheißen Platz vor dem Salzburger Dom stirbt er, und die Madonna mit dem Grünspan-Mantel, die Immaculata aus Marmor und Blei, im Schatten der Zuschauertribüne, wendet den Blick ab.

Aber jetzt ist Advent, es fällt ein sanfter Schnee, und dort wo der reiche Prasser armselig von der Welt abtritt, stimmen wir uns auf die Geburt des Gottessohnes ein, auf dem Domplatz, am Christkindlmarkt.

Im Sommer sitzen hier die Festspielgäste und fächeln sich mit den Programmheften eine Brise Überlebensluft zu. Jetzt, im schneegrauen Salzburger Advent, zwischen den hübsch angezuckerten Verkaufsbuden mit ihren dezenten Schätzen, wärmen wir unsere Hände an den Glühweinbechern. Die Hände, den Bauch und die Seele.

Die Madonna hat ihr Winterkleid angelegt. Jetzt lächelt sie ihr scheues, stilles Lächeln unter dem Schutzgerüst aus dunklen Brettern, mit diesem Geruch nach feuchtem Moder. Aber das riechst du nur, wenn du die Nase an die Holzplanken drückst. Die anderen Gerüche sind stärker in diesen Adventtagen, auf dem Jedermannplatz, wo wir uns aufs Jesuskind und sein Fest vorbereiten. Jesuskindl findest du hier zuhauf, prachtvoll geschnitzte oder Dutzendware aus Honigwachs, klein wie Engerlinge. Jedermann und Jesuskind, zwei Figuren aus dem großen Spiel von der Welt, vom Leben und Sterben, und dies hier ist ihr angemessener Platz.

Der Platz zwischen Dom und Residenz, im Sommer und im Winter.

Nach türkischem Honig riecht es, am Christkindlmarkt zu Salzburg, nach den Duftfahnen aus den Räucherkegeln, orientalisches Flair!

Und nach Jagatee und Bratäpfeln, nach Bauernkrapfen und Kinderpunsch. Und nach Maroni! Und nach Bosna, mit viel Currypulver und scharfem Senf! Jagatee und Bosna! Süßsaurer die Glocken nie klingen.

Der Maronibrater heißt Engelmann – der Himmel weiß schon, wem er die Adventnamen zuteilt. Bis vor kurzem hieß der Bosna-Verkäufer auf dem Salzburger Christkindlmarkt Sterneder. Engelmann und Sterneder ... Bosna und Maroni. Aber der Sterneder ist weitergezogen, wie der Kometenstern manchmal weiterzieht, und ein anderer schwängert jetzt die Luft mit Curryschwaden und dem Duft von heißem Fett.

Advent ist, wenn der Weihnachtsmann beim Glühweinstand am Salzburger Christkindlmarkt, dort wo im Sommer der Jedermann aus dem Goldpokal schlürft, seinen wohlverdienten Punsch runterkippt, den zweiten oder dritten Becher. Grad hat er ein Dutzend Kinder im Weihnachtsfiaker durch diese märchenschöne Adventkulisse kutschiert, der Weihnachtsmann mit dem aufgeklebten Bart und den bunten Sportschuhen. Im Sommer hat er noch die Rossknödel von den Salzburger Pflasterstraßen weggeschaufelt. Aber das weiß keiner außer uns, und den Kindern ist es egal. Die himmeln ihn an, als sei er von oben gekommen, mit der ersten Schneewolke …

Advent ist, wenn die Abendglocken läuten, schwer und laut, als müssten sie den Ungläubigen, Glühweinseligen noch rasch eine Predigt lesen. Und wenn dann ein Kinderchor vor der Domfassade den leisen Andachtsjodler anstimmt und wir mit den Pappbechern in den Händen wie die Kinder mitsummen.

Advent ist, wenn Erich, der Stadtmusikant, der gestern noch mit seinem Schuhputzwägelchen unterwegs war, um feinen Herrschaften das Leder blank zu polieren … wenn Erich seine Bastmatte im Arkadenbogen zwischen St. Peter und Christkindlmarkt aufschlägt, die Kerze anzündet und zur Ziehharmonika greift. Oder zur Mundharmonika, oder zur Melodica … Und während Menschen von nah und fern die Verkaufsbuden abschreiten, nach glitzernden Glasglöckchen und drolligen Rupfenpuppen greifen, nach hölzernen Kegelspielen, Öllämpchen und Spanschachteln, nach Krippenfiguren und dem Jesuskindl aus schlichtem Bienenwachs, während die Kerzen duften und die Engel lautlos an ihren Goldfäden schweben, gibt Erich, der Stadtmusikant, sein schönstes Konzert. Eines, das vom Herzen kommt, rau und inbrünstig, heilig und hemdsärmelig.

Er weiß, was ankommt, in diesen Tagen voller Sehnsucht und Stress, Rührseligkeit und Einkaufshektik. Er fängt mit ein paar weihnachtlichen Klängen an, der Ouvertüre sozusagen, und dann kommt das Lied der Lieder, sein Lied der Lieder, das Lied, das er hundertmal spielt und singt an einem ganz gewöhnlichen Advent-Wochenende. Ringsum ist die Luft voller Andachtsjodler und Kirchengeläut. Aber er, Erich, der Stadtmusikant, singt »Nach Hause, nach Hause, nach Hause geh'n wir nicht …«, inbrünstig und rau, hemdsärmelig und heilig, als ginge es darum, dem Kindl in der Krippe eine Freude zu bereiten.

Was der Adventschnee alles kann! Dem Mozart, zwei Plätze vom Christkindlmarkt entfernt, hat er die Künstlerstirn weiß geschminkt. Seltsam sieht das aus – das grünspanige Bronzegesicht … und diese Schneeflecken mittendrin. Als hätte er eine Halbmaske vor seinem Denkmalgesicht! Halb grün, halb weiß, wie ein Phantom. Mozart als Phantom … Phantom der Oper … was der Schnee alles kann!

Auf dem Papagenoplatz, ein paar Schritte weiter, beim üblichen Wochenend-Flohmarkt, hat der Schnee die Verkaufsbuden eingezuckert, hat sich als frische Daunendecke über die kleinen weißen Spitzendecken gelegt, hat Flohmarktidyllen hingezaubert, die kein Künstler erfinden könnte: Porzellanpuppen bis zu den Knien in der Schneewächte. Glasvögel – bis zum Schnabel versunken. Selbst die Bilder, Sommeransichten mit bunten Wiesen und dunklen Wäldern, hat der Schnee in sein klares Weiß getaucht.

Auf einem Verkaufstisch am Flohmarkt, einen kleinen Spaziergang abseits der Adventdüfte und der Vorweihnachtsklänge, steht eine mächtige Bowle-Schüssel und wartet auf einen Käufer. Die Schüssel, die Bowle-Gläser sind halb gefüllt … mit Schnee. Treffen wir uns auf eine Schnee-Bowle … in Salzburg, im Advent!

Du erkennst mich an meinem Schneebart.

Auf den Weihnachtsbaum-abholplätzen

Auf den Weihnachtsbaumabholplätzen
(die gibt es in jeglicher Stadt)
kann man bald schon den Baum versetzen
den man grad erst erworben hat!

Und da liegen sie dann, dicht gebündelt
auf dass sie die Müllabfuhr holt
manche Zweige sind leicht angezündelt
manche Zweige sind gänzlich verkohlt!

Tausend Strähnen von Engelshaaren
verfilzt und mit Wachs zugeklebt
kann man finden und manch wunderbaren
Watteengel, der immer noch schwebt!

Und sie werden Geschichten erzählen
von Männern, das Beil in der Hand
die sich schwitzend und fluchend quälen
und von Blut und von Jod und Verband!

Von den leuchtenden Kinderaugen
von allerhand schrägen Gesängen
und von Vätern, die nicht einmal taugen
einen gläsernen Gott aufzuhängen!

Und so mancher, der könnte berichten
von dem Kind, das den Atem anhält
von dem »Danke, da kann ich verzichten!«
und der Tür, die ins Türschloss fällt!

Auf den Weihnachtsbaumabholplätzen
gleich dort, wo die Straße beginnt
hört man manchmal die Christbäume schwätzen
meistens nachts und bei leichterem Wind!

Von den Herzen an Goldsilberschnüren
von Liedern, ganz feierlichen …
und von lauten, erbitterten Schwüren:
»Nächstes Mal wird die Weihnacht gestrichen!«

Von den Eierlikör-Schokosternen
von Tränen zum Abendbrot –
und vom heimlichen Sterne-Entfernen
(samt Ertappen und Fernsehverbot)!

Und auch deinem Baum ist es beschieden
hier zu landen nach festlicher Zeit
spricht er dann von Erfüllung und Frieden
und vom Glück und von Seligkeit?

Auf den Weihnachtsbaumabholplätzen
(die gibt es in jeglicher Stadt)
kann man bald schon den Baum versetzen
den man grad erst erworben hat …

Wie ich Weihnachten einmal ganz anders feierte

O Gott, ich hätt's wissen müssen! Am Heiligabend-Vormittag kriegst du im Kaffeehaus noch weniger Platz als sonst. Wo die alle herkommen? Wer die alle sind? Was machen die hier! Entschuldigung, ist dort drüben ... nein?

Schöne Bescherung! Ich wollte nur meinen Kaffee trinken, Zeitungen lesen, wie jeden Tag. Ein bisschen runterbremsen, bevor's ernst wird. Na ja, dann geh ich halt wieder. Schönes Fest allseits ... oder so.

Halt – da drüben ... das könnte sich ausgehen. Pardon – der Stuhl da ... wenn sie die Päckchen ein bisschen zur Seite ... Danke! Geschafft! – Bequem ist es nicht, aber immerhin. Wie spät ist es? Zwanzig vor zwölf, na bitte. Jede Menge Zeit. Wenn ich mir jetzt eine Zeitung hole, setzt sich bestimmt ein anderer auf meinen Platz. Also keine Zeitung. Wozu bin ich dann hier? Ach so, wegen des Kaffees. Fräulein, bitte ... hat mich gar nicht gesehen. Das kann ja heiter werden.

Wo hab ich den Zettel ... Manteltasche wahrscheinlich. Muss ich noch mal aufstehen ... Entschuldigung! Also ... Karin, Mama, die Neffen, die Schwester ... ich denke, ich hab alles beisammen. Disketten für Peter – hab ich! Das Halstuch hab ich auch. Jesus! Die CD für Ilse – glatt vergessen! Dreiviertel zwölf – wenn ich auf der Stelle losrenne, komm ich grad noch ins Musiccenter, bevor die zusperren. Ach was, ich schenk ihr eine aus meiner Sammlung. Die kauf ich mir nach, wenn alles vorüber ist. Zum Beispiel ... Lester Bowie, »Duet«, genau, da hat sich jeder gefreut. Erst zweimal gespielt, im November gekauft! Wem hab ich die zuletzt geschenkt? Christian ... oder Sonja? Egal. Ilse kann ich also abhaken.

Ist das nicht der Gustav da drüben? Klar! Der Herr Klatsch-Reporter aus Bayern. Zu Weihnachten kommt der immer nach Salzburg, und dann sitzt er hier im Kaffeehaus, den ganzen Heiligabend-Vormittag. Schick schaut er aus – dunkler Anzug, Krawatte. Sicher hat er in den letzten Tagen hundert Prominente befragt, wie sie denn diesmal Weihnachten feiern würden. Und sicher haben alle geantwortet: Also diesmal ganz anders, einfacher, natürlich, verstehen Sie? Natürlich! Liebevoller, herzlicher, ohne diesen Krimskrams, Sie wissen schon! Ich weiß ... bescheidener, warm irgendwie, ehrlich halt.

Die da drüben haben sogar den Baum mit ins Kaffeehaus genommen.

Fräulein, bitte ...

Jetzt wird Karin unser Bäumchen wohl schon geschmückt haben. Ziemlich klein diesmal ... na ja, mittelgroß. Komisch, da bin ich wie ein Kind – mit dem Schmücken möchte ich irgendwie nichts zu tun haben. Ich will einfach heimkommen und ... die Oma ist auch so kindisch geworden am Schluss. Die wollte immer noch größere und noch schönere Christbäume. Na bitte, jetzt hab ich Kerzenwachs am Pullover! Was spiel ich auch mit diesem blöden Docht herum?! Fräulein ...

hallo! ... jetzt wink ich schon wie ein amerikanischer Tourist ... Fräulein, einmal Glühwein, bitte!

Sonja ist tatsächlich auf die Malediven geflogen, gestern ist die Karte gekommen. Herrgott, Karte! Ich hab die Karten wieder nicht eingeworfen! Na ja, jetzt ist es zu spät. Ich hätte um alles gewettet, dass sie nicht fliegt. Wir reden seit Jahren darüber. Weihnachten einmal ganz woanders. Und dann war sie doch immer bei ihren Eltern in Bad Ischl. Aber diesmal? Tauchkurs auf den Malediven! Ich möchte jetzt weiß Gott nicht auf den Malediven sitzen und tauchen. Ich möchte gemütlich im Café ... na ja ...

Der Doktor Mayerhofer von den »Nachrichten« ist heute nicht da. –

Kluger Mann! Sonst sitzt er jeden Tag um diese Zeit da drüben, gleich neben dem Kleiderständer, und liest sämtliche Zeitungen von vorn nach hinten und von hinten nach vorn. Heut hat er wohl einen Bogen ums Café gemacht. Jetzt ist grad die Dame von der Sparkasse gekommen. Die wird von Jahr zu Jahr eleganter. Ist das ein echter Pelzmantel?

Da vorne haben sie schon die zweite Flasche Sekt bestellt.

Viele junge Leute sind da ...

Mein was? Glühwein? Hab ich wirklich Glühwein bestellt?

He, da kommt Martin! »Kopf hoch, Martin!«

Schaut ziemlich gestresst aus. Martin und Sybilla feiern Waffenstillstands-Weihnachten. Also, eigentlich haben sie sich schon im September getrennt, nicht grad im Zorn, aber immerhin. Sybillas Eltern lieben Martin.

Und Martins Eltern lieben Sybilla. Und Weihnachten ist schließlich noch immer das Fest der Liebe. Also fahren Sybilla und Martin, so wie jedes Mal, zuerst zu Martins Eltern und anschließend zu Sybillas Eltern und feiern, als wäre nichts geschehen. Und dann fährt Sybilla zu sich nach Hause und Martin zu sich nach Hause. Und am Christtag gibt's noch ein gemeinsames Essen, und am Montag ist Weihnachten ohnehin wieder vorbei.

Verflixt, ist der Glühwein heiß! Warum trinke ich auch Glühwein, hab ich den wirklich bestellt? »Coole Tage«, hat der Typ da drüben zu dem anderen Typen gesagt. »Coole Tage!« Das nächste Mal sagen sie »Mein Beileid!« oder »Durchhalten!«. Und die Mittelschüler dort am Stammtisch ... jedes Mal wenn einer an ihren Tisch kommt, schreien sie: »Alles Lametta!«

Und dann küssen sie sich umständlich und auffällig.

Mein Gott ... ich glaub, da war ich grad einundzwanzig, nein, ich weiß, dass ich grad einundzwanzig war. Maria hat mir einen selbst gestrickten Schal geschenkt. Und ich hab ihr ein selbst geschriebenes Lied geschenkt, mit Text und Noten ... und zur Vorsicht eine Cat-Stevens-Platte, damit sie wusste, wie es ungefähr hätte klingen sollen. Fünfundzwanzig Jahre ist das her, gibt's das?! Gut, damals haben wir kein Geld gehabt, da schenkt man sich was Selbstgemachtes. Der Schal ist erst am Stephanitag fertig geworden, und das Lied war ein Liebeslied mit Gitarrenbegleitung, auf Englisch, das schönste Lied, das ich je geschrieben hatte, bis zu diesem Zeitpunkt ...

Und heuer ... das sind also die Weihnachten, an denen wir alles ganz anders machen wollten, Karin und ich. Wir schenken uns diesmal gar nichts, Ehrenwort! Und den anderen nur das Nötigste! Hab ich der Ilse nicht schon zum Geburtstag die Lester-Bowie-CD geschenkt? Karin fragen, die kann sich bestimmt erinnern. Wir werden uns wirklich nichts schenken, Karin und ich. Ein Bild haben wir gekauft, gemeinsam, für die neue Wohnung. Aber so ... dass ich ihr und sie mir ... nein, wie abgemacht. Ich meine ... bis auf eine Kleinigkeit. Aber das ist nicht der Rede wert.

Früher, ganz früher, also zu Marias Zeiten, da hab ich am Heiligabend-Vormittag im kleinen Kiosk beim Landeskrankenhaus immer einen Geschenkkorb zusammenstellen lassen, mit Wein und Kaffee, Obst und Kognakbohnen und diesen Sachen ... so um achthundert Schilling ungefähr, so viel Geld eben noch übrig war. Und den Korb hab ich dann bei der Pförtnerin von der Pflegeanstalt in der Nähe abgegeben – für irgendjemanden. Und dann bin ich mit klopfendem Herzen weggegangen und hab mir vorgestellt, dass sich irgendwer, ein einsamer alter Mann, eine einsame alte Frau, irgendwer halt ein bisschen freut. Ich werde heute Abend für »Licht ins Dunkel« was spenden ...

Was aus Maria geworden sein mag? Den Schal hab ich diesen Sommer erst weggeworfen, beim Übersiedeln. Ich hatte immer geglaubt, er war honiggelb gewesen oder sonnengelb oder honigsonnengelb. Jetzt, als ich ihn nach den vielen Jahren in irgendeiner Winterschachtel auf dem Dachboden gefunden habe, ist er mir currygelb vorgekommen.

Ja, der war currygelb gewesen, Marias selbst gestrickter Schal.

Ha, jetzt ist er doch noch gekommen, der Doktor Mayerhofer von den »Nachrichten«. Frohe Weihnachten! Er hat mich gar nicht gesehen. Jetzt geht er wieder. Er hätt's wissen müssen – am Heiligabend-Vormittag kriegst du im Kaffeehaus noch weniger Platz als sonst.

So konsequent wie der Christian möchte ich sein – Weihnachten: abgeschafft! Geburtstag: abgeschafft! Gestrichen, alles gestrichen. Wenn der wüsste, dass ich heute Abend bei der Mama wieder Würsteln sämtlicher Sorten esse ... er würde mich zeitlebens verachten. Der Christian ist schon lange Vegetarier. Und ich hänge noch so an den Weihnachtswürsteln aller Sorten.

Wie die Oma. Für die war Weihnachten ohne Würsteln genauso unerträglich wie Weihnachten mit einem zu kleinen Baum, zuletzt, als sie schon ziemlich alt war. Es stimmt schon, Coolsein bringt einen weiter auf dem Weg der Selbstverwirklichung, macht einen weniger abhängig von Emotionen und Erinnerungen und all dem Kram. Der Christian hat nur mehr ein schäbiges Lächeln dafür über. Gefühlsduselei! Mir doch egal!

Wetten, dass Sonja ein paar Tränen zerdrückt, heute Abend auf ihren ungemütlichen, unweihnachtlichen Malediven? Das kommt vom Salzwasser, wird sie dann sagen. Zu viel getaucht, Leute!

»Merry Dingsbums!«, hat der Halbwüchsige da drüben gesagt.

Und der andere: »Wird schon schief gehen!«

Na ja, vielleicht haben sie Recht.

Als ich der Tochter eines Freundes – sie ist grad im Maturajahr – neulich von Woodstock erzähle, von diesem herrlichen, unvergesslichen, von diesem gottgesegneten Open-Air-Rockfestival auf Max Yasgurs Farm in der Nähe von Bethel im Staate New York ... als ich ihr davon erzähle, von den 450 000 friedlichen, liebenswerten, glücklichen Menschen damals im August 69, meint sie bloß: »Auch das war ein romantischer Irrtum.«

Ich hab diese Szene aus dem Woodstockfilm noch so stark vor mir, als wär ich selbst dabei gewesen. Also: John Sebastian ... das ist der von »The Loving Spoonful«, ich sag nur: »Summer in the City« ... also John Sebastian läuft gerade mit seiner Gitarre auf die Bühne, setzt sich ans Mikrophon und will mit seinem Lied beginnen.

Da kommt einer von den Organisatoren und flüstert ihm etwas ins Ohr. John Sebastian lächelt, deutet den Menschen, die da vor der Bühne in dieser riesigen, herrlichen Wiese sitzen, sie sollen einen Moment zuhören. Und dann sagt er über die Lautsprecher ungefähr Folgendes: »Hey, Joe, komm bitte zum Sanitätszelt hinter der Bühne. Es ist soweit, deine Frau hat soeben euer Baby bekommen. Mann, ihr zwei hättet euch keinen besseren Ort und keine schönere Zeit aussuchen können. God bless you!« ... und dann applaudieren 450 000 fröhliche, friedliche Menschen diesem einen winzigen, soeben zur Welt gekommenen Baby zu. Und jedes Mal, wenn ich an diese Szene denke, bekomme ich eine Gänsehaut und ein schönes, warmes Gefühl im Bauch.

»... ein romantischer Irrtum«, hat sie gesagt. Manchmal komme ich mir vor wie der letzte Mensch auf dieser Erde, der noch ans Christkind glaubt.

Und dann klopfen mir meine beiden Neffen ... auch

schon ziemlich erwachsen, die beiden ... auf die Schulter, lächeln hinterhältig und meinen: »Keep cool, Onkel, alles halb so wild!«

Die letzten Weihnachten mit der Oma ... okay, jetzt ist aber Schluss. Reiß dich zusammen! Denk an den Christian! Der legt sich heute Abend um neun ins Bett, sagt zu seiner Freundin »Gute Nacht«, und morgen ist für ihn ein Tag wie jeder andere. Fräulein, zahlen bitte ...

Ich meine, wenn sie gesagt hätte ... die Tochter meines Freundes ... Weihnachten wäre ein großer romantischer Irrtum gewesen. Gut. Darüber kann man diskutieren. Aber sie hat gesagt, Woodstock wäre ein großer romantischer Irrtum gewesen. Was weiß die denn von Woodstock? Nichts, einen Dreck weiß die! Weihnachten – okay. An Weihnachten ist einiges faul. Wir wollten ohnehin Weihnachten ganz anders feiern heuer, Karin und ich.

Aber Woodstock?

Jetzt ist auch Herbert noch gekommen. Tausend Päckchen an jeder Hand. Herbert! Mit 25 haben wir beide feierlich geschworen, wir würden uns mit 30 umbringen, wenn wir es bis dahin nicht geschafft hätten, mit der Karriere und so. So entschlossen waren wir damals, so direkt drauf am Leben. Unseren Vierzigsten haben wir gemeinsam gefeiert. Das war ein Fest!

Merry Dingsbums, Herbert ...

Ich bin so müd, dass ich am liebsten jetzt schon schlafen ginge, Heiligabend-Mittag, halb eins grad vorbei. Das machen die vielen Menschen hier im Kaffeehaus, der Rauch, die schlechte Luft, der Lärmpegel, dieses ewige »Wird schon schief gehen!« und »Gut Weihrauch!« und was sie sonst noch alles daherquatschen, von einer Umarmung zur nächsten taumelnd.

Das mit dem Kerzenwachs ärgert mich. Ich hätte so gern diesen Pullover angezogen, heute Abend bei der Bescherung. Werde ich wohl doch das Sakko ... und die Krawatte ... Da! Ein Weihnachtswunder – endlich wird eine Zeitung frei. Danke! Das Übliche ... der Kleinkram ... Glückwünsche von tausend Firmen ... Spendenaufrufe noch und noch, Schicksalsreportagen ... die Prominenten erzählen, was sie heuer zu Weihnachten machen ... Weihnachtsrezepte, Weihnachtsgeschichten ... da – typisch, denen fällt auch nichts Neues ein!

»Wie ich Weihnachten einmal ganz anders feierte ...«

Bethlehem heute

In Bethlehem hat alles angefangen
so heißt es, vor zweitausend Jahren
ein Kind kam zur Welt und die Hirten sangen
und singen noch heut', mit geröteten Wangen
von Engeln, mit goldenen Haaren
    und seliges Lachen klingt aus jedem Haus …
    In Bethlehem fällt heuer Weihnachten aus!

In Bethlehem bleiben die Türen verschlossen
wie damals, im göttlichen Jahr
wird täglich geschossen, viel Blut schon vergossen
die Reisebüros warnen Pilger verdrossen:
»Sie reisen auf eig'ne Gefahr!«
    Drum: Feiert woanders, in Saus und in Braus …
    In Bethlehem fällt heuer Weihnachten aus!

Aus Bethlehem holt man die Friedenslichter
per Flugzeug in jegliches Land
die zaubern ein Glänzen auf unsre Gesichter
»Und Frieden auf Erden!«, so schwärmen die Dichter
und nehmen die Kerzen zur Hand.
    Ein zärtliches Lächeln, ein stiller Applaus …
    In Bethlehem fällt heuer Weihnachten aus!

Da war dieser Junge, kaum älter als zehn
der Vater hielt ihn in den Armen
er will vor den Kugeln in Deckung geh'n
ihr habt dieses Bild in der Zeitung geseh'n
kein Flehen half und kein »Erbarmen!«
    Kein Gott holt ihn aus dieser Hölle heraus …
    In Bethlehem fällt heuer Weihnachten aus!

Ich weiß, dieses Bethlehem liegt ziemlich fern
und wir haben dort nichts zu sagen
uns bleibt nur im Herzen der winzige Stern
dieses wärmende Licht aus der Heimat des Herrn
das wir durch die Dunkelheit tragen.
    Ach, schließt diesen Wunsch in die Träume mit ein:
    Lass, Herr, auch in Bethlehem Weihnachten sein!

In jenen Tagen aber begab es sich …

In jenen Tagen aber begab es sich, dass in einem schlichten Stall in Bethlehem jenes Kind zur Welt kam …

»Halt«, rief der Vertreter der israelischen Correctness-Kommission. »Bethlehem gehört ja jetzt den Palästinensern. Machen wir doch Tel Aviv draus.«

»Kommt nicht in Frage«, erwiderte der PLO-Kontrahent. »Bethlehem bleibt Bethlehem – also unser Gebiet, wir haben lang genug darauf gewartet … political correctness, meine Herren!«

»Ja schon«, versuchte der Israeli einzulenken, »aber jetzt, nach Rabins Ermordung … das würde die gespannte Situation schrecklich anheizen, wenn da so mir nichts dir nichts … drüben bei Arafat … jenes Kind zur Welt käme …«

»Wie wär's mit Bad Kleinkirchheim?«, meldete sich ein Vertreter der Österreichischen Fremdenverkehrswirtschaft zu Wort, »wir sind neutral und können absolut schneesichere Pisten garantieren! Auch schon zu Weihnachten!«

In jenen Tagen also begab es sich, dass in einem schlichten Stall in Bad Kleinkirchheim …

»Beziehungsweise in der Axamer Lizum …«

»… oder in Saalbach-Hinterglemm!«

Man einigte sich auf »St. Christoph am Arlberg«.

Skistall?

Nein, nur Stall! Stall und aus! Also ...

In jenen Tagen also begab es sich, dass in einem schlichten Stall in St. Christoph am Arlberg jenes Kind zur Welt kam, das die Menschheit dereinst erlösen sollte durch seinen Tod am Kreuz ...

»Gestrichen!«, sagte der Vertreter des Bundesverfassungsgerichtshofes. »Bloß kein Kreuz, um Gottes willen kein Kreuz, das unterläuft sämtliche mühsam durchgeboxten Kriterien der allgemeinen Religionsgleichheit! Das Kreuz ist gestrichen!«

Ja schon, aber irgendwie muss er doch sterben.

Muss er?

Ich glaube, ja ...

Na ... vielleicht mit der tibetanischen Gebetsmühle erdrosselt?

»Wie wäre es«, mischte sich der Abgesandte der internationalen Energiewirtschaft in die Diskussion, »mit ... dem elektrischen Stuhl. Immerhin ist Strom die sauberste Form von Energie ... und außerdem ...«, dann lächelte er, als wäre ihm gerade etwas Unglaubliches eingefallen ... »die leidige Geschichte mit den christlichen Glaubenssymbolen in den Klassenzimmern und den öffentlichen Amtsgebäuden, meine Damen und Herren ... überlegen Sie doch ... die Kreuze mussten wir erst unlängst alle abhängen ... also? ... richtig: Die Steckdosen in den Klassenzimmern (als Symbol für den Stromtod, als Symbol für den Christlichen Glauben) sind bereits vorhanden ... drei bis sieben Steckdosen pro Klasse, und niemand kann sich darüber aufregen – genial, nicht?«

In jenen Tagen also begab es sich, dass in einem schlichten Stall in St. Christoph am Arlberg jenes Kind zur Welt kam, das die Menschheit dereinst erlösen sollte durch seinen Tod auf dem elektrischen Stuhl. Und es zogen drei Könige daher …

»Unmöglich«, brüllte der Sprecher der Vereinten Nationen, »drei Könige, völlig unmöglich! Ein König, ein demokratisch gewählter Präsident und … ein faschistischer Diktator. Gleiches Recht für alle, you know?«

… und es zogen ein König, ein demokratisch gewählter Präsident und ein faschistischer Diktator daher, um dem Kind ihre Geschenke darzubringen – Gold, Weihrauch und Myrrhe.

»Von Gold würde ich derzeit abraten«, rief der Sprecher des internationalen Bankenkonsortiums, »wie wär's mit einem Bausparvertrag, zu einem Spezialzinssatz, oder mit einem Kapitalsparbuch oder mit Junior-Aktien …«

Man einigte sich auf drei Rubbel-Lose.

»Weihrauch könnt ihr euch abschminken«, meinte der staatliche Drogenbeauftragte, »enthält nachweisbar halluzinogene Wirkstoffe. Da haben wir uns so bemüht, endlich ›Rotkäppchen‹ auf den Index der verbotenen Bücher zu bringen, weil da mit einer Flasche Rotwein gedealt wird – und jetzt kämen uns drei so Typen mit bewusstseinsverändernden Rauschgiften in die Quere! Nein, danke. Kein Weihrauch, wenn Kinder in der Nähe sind!«

Rauch allein?

»Meinetwegen!«

Und Myrrhe?

»Einseitige Bewerbung des Parfümeriewesens ... gerade jetzt in der Vorweihnachtszeit unmöglich! Economical correctness, Sie verstehen?«

Das war die Stimme des Handels.

»Also zumindest noch ein Buch, eine blickdichte Strumpfhose und einen Mikrowellenherd, um das heimische Branchensortiment halbwegs repräsentativ in dieser Geschichte unterzubringen!«

In jenen Tagen also begab es sich, dass in einem schlichten Stall in St. Christoph am Arlberg jenes Kind zur Welt kam, das die Menschheit dereinst erlösen sollte durch seinen Tod auf dem elektrischen Stuhl. ... und es zogen ein König, ein demokratisch gewählter Präsident und ein faschistischer Diktator daher, um dem Kind ihre Geschenke darzubringen: drei Rubbel-Lose, Rauch und einen Gutschein auf ein Buch, eine blickdichte Strumpfhose und einen Mikrowellenherd nach freier Wahl. Ein Komet hatte die drei geführt ...

»Kometen sind Phallussymbole«, kreischte die Abgesandte der Psychotherapeutinnen-Innung, »wie kommen unsere Patientinnen dazu? Psychological correctness, meine Herren!«

Ja, ja, verdammt noch mal!

Kein Komet hatte die drei geführt – zu diesem schlichten Stall in St. Christoph am Arlberg, wo jenes Kind zur Welt kam, das die Menschheit dereinst erlösen sollte durch seinen Tod auf dem elektrischen Stuhl, jenes Kind, das sie Jesus nannten ...

»Wie?«

Jesus.

»Mein Gott, das hätten wir fast übersehen! Ein Junge – kommt nicht in Frage!«

»Mädchen – kommt auch nicht in Frage! Quote ist Quote – sexual correctness, you know!!«

Also gut.

Jesus und Jessica verliefen sich im Wald …
aber das ist eine ganz andere Geschichte.